KB017249

하늘에는 가을로 가득 차 있습니다~ 별 하나에 사랑과~ 별 하나에 쓸쓸함과~

낭독의 즐거움

빨간솜사탕

루이앤휴잇

입으로 읽고 마음에 새기는 더 깊은 감동

일본의 어느 학교에서 지병으로 돌아가신 담임선생님이 학생들에게 마지막 숙제를 남겼다.

마지막 숙제
제출 기간 : 제한 없음

'행복해지세요.' 너희들이 숙제를 낼 때쯤 아마 난 천국에 있겠지. 서둘러 가져오진 마. 천천히 와도 괜찮으니까. 언젠가 얼굴을 마주하고 '행복했어요!'라고 말해주면 돼. 기다릴게.

인터넷에서 본 이 이야기를 기회가 될 때마다 다시 읽곤 한다. 깊은 감동을 넘어 진한 여운을 남기기 때문이다. 특히 눈으로만 읽는 것이 아닌 소리내어 읽을 때 그 감동은 더하다. 마치 내가 당사자라도 된 듯 가슴이 벅차지기까지 한다. 그 순간, 글과 나는 하나가 된다.

지금은 폐지되었지만, 〈낭독의 발견〉이라는 TV 프로그램을 즐겨보곤 했다. 유명인사들이 직접 나와 자신의 가슴 속에 오롯이 남아 있는 글귀를 낭독해주는 프로그램이었는데, 자못 감동적일 뿐만 아니라 포근한 위로가 되었다. 마치 옆에서 다정하게 소곤소곤 사랑을 속삭이듯, 다치고 아픈 마음을 따스하게 쓰다듬어주는 듯했기 때문이다. 이후 낭독은 내 삶의 일부가 되었다.

　　이 책은 아이들을 가르쳤던 경험을 바탕으로 한 것이다. 국어 교과서에 실렸던 작품과 틈틈이 도서관을 다니면서 읽었던 책들 가운데 다른 사람도 함께 읽었으면 좋을 만한 작품을 원문과 함께 나름의 메시지를 곁들였다. 원저자들의 면면을 들여다보면 화려하기 그지없다. 윤동주, 이상, 이광수, 이효석, 현진건, 김유정 등 그야말로 책 몇 권쯤은 엮어낼 수 있는 내로라하는 작가들이다.

　　그들의 작품을 낭독하면서 눈으로 읽을 때는 알 수 없었던 글에 담긴 작가의 의도와 마음을 어느 정도 알 수 있었다. 작가가 글을 쓰던 순간의 심리에 조금 더 가까이 다가갈 수 있었기 때문이다.

　　괴테는 여든셋까지 다양한 작품을 창작할 수 있었던 이유 중 하나로 어린 시절 어머니와 나눈 낭독을 꼽았다. 그의 어머니는 밤마다 어린 아들과 함께 소리내어 글을 읽었다. 또 결말 부분은 들려주지 않고 직접 완성해 보라고도 했다. 이렇듯 낭독에는 한 구절 한 구절 음미하며 뒷이야기를 상상해보는 즐거움이 있다.

　　이 책 속의 글이 감동을 넘어 따뜻한 위로가 되었으면 한다.

Part 2 우리의 상처를 만져주는 따뜻한 세계가 있다면

Part 3 이 세상은 가면무도회!
너도, 나도, 그도, 저도 탈바가지를 쓴 채 춤을 춘다

• 일러두기

1. 본문은 가능한 한 원문 그대로 실었으나, 가독성을 해치는 경우 독자의 이해를 돕기 위해 현대의 한글 표기법을 따랐습니다.
2. 잡지와 신문, 장편의 제목은 《 》으로 표기했으며, 단편과 시, 영화, 그림의 제목은 〈 〉으로 표기했습니다.
3. 본문 중 내용 이해가 어려운 경우 괄호 속에 현대어를 함께 풀어서 사용하였습니다.

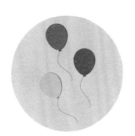

별에는 가을로 가득 차 있습니다~ 별 하나에 사랑과~ 별 하나에 쓸쓸함과~

Part 1

나는 돈을 벌 줄 모릅니다.
어떻게 하면 돈을 벌 수 있을까요?

슬픔 위에 덧쌓이는 슬픔이여

슬픔 위에 덧쌓이는 슬픔이여! 그러나 사람이란 누구나 다 한 번은 죽는 것을, 누구나 다 한 번은 죽는 것을. 오늘 아침 내가 들은 비둘기 소리를 그 애의 아버지와 어머니가 들으면 얼마나 슬퍼할까. 그러니 내가 비록 그 애를 생각하며 슬퍼한들, 어찌 낳고 기른 부모에 비길 수 있으랴.

오늘 새벽—새벽이라기보다는 이른 아침에 홀로 명상에 잠겨 있을 때 참새와 멧새의 예쁜 소리와 함께 비둘기가 구슬프게 우는 소리가 들렸다. 어제 내린 봄비에 그렇게도 안 간다고 앙탈을 부리던 추위 역시 가버렸다. 그래서인지 오늘 아침에는 자욱하게 낀 봄 안개며, 감나무 가지에 조롱조롱 구슬같이 매달린 물방울, 겨우내 잠잠하다가 목이 터진 앞 개울 물 소리 역시 여느 때와 다르다. 여전히 춥기는 하지만 비로소 봄맛이 난다. 불현듯 나는 봄기운 어디선가 끊일락 말락 비둘기 소리가 갑자기 들려온다. 올해 들어 처음 듣는 비둘기 소리다. 하지만 마음이 슬프기 때문일까. 오늘따라 비둘기 소리가 유난히 슬픔을 자아낸다.

그 애가 듣고 슬퍼하던 것은 뻐꾸기 소리지 비둘기 소리가 아니었다. 그러나 뻐꾸기가 울려면 아직도 한 달은 더 있어야 할 것이다.

"아이, 뻐꾸기 소리가 너무 슬퍼요. 만일 나도 죽으면 뻐꾸기가 되어 이 산 저 산 다니며 슬피 울어나 볼까요?"

아이는 바짝 여윈 낯에 시무룩한 표정으로 이렇게 말하곤 했다. 그래서인지 비둘기 소리만 들어도 나는 그 애 생각이 난다. 하물며 뻐꾸기 소리가 들리면 얼마나 더 그 애 생각이 날까. 사과 꽃이 피고, 감나무 잎이 파릇파릇해지면 낮이 되면 겹옷은 덥고 홑옷은 이른 때에 그애는,

"아이, 또 저놈의 뻐꾸기가 또 우네. 왜 하고 많은 산 중에서 하필 요기만 와서 울어?"

하고 자리에 누워서 일어나지 못하던 때는 아직도 두 달이 넘어 남았다.

오월의 어느 날 아침, 그날따라 창밖에서 뻐꾸기가 유난히 울어대 단잠을 깨고 말았다.

"아이, 뻐꾸기가 우네. 그 애가 또 얼마나 슬퍼할까?"

그러면서 나는 눈물이 고이고 있음을 깨달았다. 그렇게도 마음이 착했던 아이, 이 년 동안이나 긴 병을 앓으면서도 짜증 한 번 내지 않았던 아이, 제 아버지가 화를 내면 못 들은 척 가만히 있고, 어머니가 화를 내면,

"어머니도 참, 뭘 그런 거로 화를 내세요? 다 내 운명이죠, 뭐. 그 사람 탓을 해서 뭐해요?"

하고 양미간을 살짝 찌푸릴 뿐 착하기 그지없던 아이, 그렇게 열이 오르내리고 몸이 괴로워도, 내가 제 방에 들어갈 때면 빙그레 웃어주던 아이, 전문학교까지 다녔음에도 어느 남자와 마주 서서 말조차 해본 적이 없던 아이…….

그 애를 그렇게 지독한 모욕과 실연의 아픔을 맛보게 한 책임은 바로 내게 있었다. 하지만 그 애는 나를 원망하기는커녕, 제 부모가 나를 원망이라도 하면 이렇게 말하곤 했다.

"아저씨가 다 나 잘되라고 그런 것이지 설마 못 되라고 그랬겠어요? 그리고 아저씨인들 얼마나 마음이 아프시겠어요?"

그렇게 착한 아이였다. 하지만, 지금 그 애는 자리에 누워 죽을 날만을 기다리고 있었다.

뻐꾸기의 애끓는 소리를 듣고 있으려니 더는 견딜 수 없어 세수도 하지 않은 채 가마골 숲 사이에 있는 그 애의 집을 찾았다. 그 아이가 뻐꾸기 소리를 듣고 오늘은 또 얼마나 슬퍼할지 생각하니 가슴이 저려왔다. 하지만, 아아! 방에 들어가 보니, 아이는 벌써 다시 깨지 못할 잠이 들고 말았다. 해쓱한 얼굴에는 편안하게 잠든 어린애와 같은 평화가 묻어나고 있었다. 손도, 이마도 싸늘하게 식고, 발랑발랑(걸쭉한 액체가 자꾸 작은 방울을 튀기며 끓는 소리 또는 그 모양)하던 가슴은 고요하기 그지없었다.

스물네 살의 짧은 인생. 꽃으로 치면 활짝 피어 보지도 못한 채 방싯(소리 없이 살짝 열리는 모양) 봉오리가 열리다가 하룻밤 된서리에 시들어 버리고만 가여운 인생이었다.

이제는 그렇게 슬퍼하던 뻐꾸기 소리도 들을 수 없다. 또 그 곁에서 얼이 빠진 채 울지도 못하는 아이의 어머니와 아버지의 슬픔 역시 알 수 없다. 오직 고요한 적멸뿐이다. 어린 가슴에 박힌 독한 칼자국의 쓰라림도 이제는 없다. 그의 생명을 썹던 모든 균, 배신당한 사랑의 아픔, 미워해야 할 사람이건만 미워하지 못하는 순정, 백년가약을 굳게 언약하고 맹세하던 사람이 다른 여자의 남편이 되었어도 그를 단념하지 못하던 애끓음……. 이것도 이제는 지나간 한바탕 꿈에 불과하다. 어디서 왔으며, 어디로 가는고? 구름같이 나타났다가, 구름같이 스러지는 인생.

아이 아버지 말에 의하면, 아이는 죽을 때까지 제 아버지를 걱정했다고 한다.

"새벽 네 시나 되었을까. '아버지 피곤하실 테니, 어서 가서 주무세요. 저도 몸이 편안해져서 오늘은 잘 수 있을 것 같아요. 아버지 주무시는 것 보고 나도 잘 테니, 어서 가서 주무세요.'라고 하기에, 한 시간쯤 누웠다가 일어나보니, 아까 그 모양 그대로 누워서 꼼짝도 하지 않는구려."

그러면서 한마디를 덧붙였다.

"나는 자는 줄만 알았다오."

과연 자는 것이었다.

의사가 일주일을 못 견디리라는 선고를 내린 후 저 먹고 싶은 것이나 실컷 먹이고 고통이나 없이 해달라고 해서 마취제 처방을 받은 것이 바로 칠팔일 전이었다. 그래도 설마 하는 것이 골육(骨肉, 조부모, 부모, 형제 등과 같이 혈족 관계가 있는 사람)의 정이다.

사오일 전쯤 얼굴을 보러왔을 때였다. 나를 볼 때마다 빙그레 웃던 표정이 얼굴에서 사라지고 없었다.

"오늘은 왜 웃지 않니? 웃어라."

"아저씨가 들어오시기 전에 웃었는데, 몸이 너무 부어서 웃는 것이 안 좋아 보일까 봐요."

그러면서 웃으려고 했지만, 근육이 제 마음대로 움직이지 않는 모양이었다.

"그래 웃어라, 응?"

나는 슬픔을 참노라 입술을 깨물었다.

그 애가 간 줄도 모르고 뻐꾸기는 여전히 울었다.

우리는 뻐꾸기 소리를 들으며 그 애를 염습(殮襲, 죽은 이의 몸을 씻긴 뒤에 수의를 입히고 염포로 묶는 일)하고, 관에 넣고, 상여에 담았다. 그리고 뻐꾸기 소리를 들으며 홍제원 화장터로 가서 그 아이의 시신을 무쇠 가마에 넣었다.

한 시간 반이 지난 후 나는 아이의 아버지와 또 한 사람과 함께 아이의 유골을 찾으러 갔다. 쇠 삼태기에 그 애의 명패가 서고, 재 한 줌과 타다 남은 하얀 뼈 두어 조각, 옥같이 맑고 투명한 뼈 두어 조각. 그것이 그 아이의 전부였다. 또한, 그것이 그 애의 깨끗하고 착한 일생을 말해주고 있었다.

남아 있던 뼈 두어 조각을 마저 부스러뜨리니, 그야말로 남는 것이라고는 재 한 줌이라기보다 먼지 한 줌에 가까웠다. 이것이 바로 며칠 전까지도 나를 보며 웃어주던 그 아이였다.

며칠 전 아이는 불쑥 내게 이런 말을 했다.

"아이, 뻐꾸기가 또 우네. 많고 많은 산 다 놔두고 왜 하필 여기 와서 울까? 나도 죽으면 뻐꾸기가 되어 이 산 저 산 돌아다니면서 울어나 볼까?

아저씨, 이번에 만일 살아난다면 스님이 되고 싶어요. 그래서 절에 가만 히 앉아서 목탁이나 치고 염불이나 할래요."

과연 아이의 말을 믿어야 할까.

혹시 금시(今時, 바로 지금)에 어디에서 그 애가,

"아저씨, 나 여기 있어요."

라며, 웃으면서 나오지는 않을까.

나는 작년에 여덟 살 된 아들 봉아를 잃고 한 달이 지날 즈음, 다시 사랑 하는 조카딸을 잃고 말았다. 슬픔 위에 덧쌓이는 슬픔이여! 그러나 사람 이란 누구나 다 한 번은 죽는 것을, 누구나 다 한 번은 죽는 것을.

오늘 아침 내가 들은 비둘기 소리를 그 애의 아버지와 어머니가 들으 면 얼마나 슬퍼할까. 그러니 내가 비록 그 애를 생각하며 슬퍼한들, 어찌 낳고 기른 부모에 비길 수 있으랴.

오늘 비둘기가 울었으니 얼마 후면 뻐꾸기도 울 것이다. 하지만 그 뻐꾸 기 소리를 차마 어찌 들을꼬? 비록 제 부모만은 못하더라도 나 역시 그 애 의 기억을 소중하게 가슴 속에 품고 있는 것을. 그렇게도 착하고, 그렇게 도 깨끗하던 아이. 아마 살아 있는 동안 그 아이를 평생 잊지 못할 것이다.

아아, 또 비둘기가 운다.

추위가 채 가시지 않은 3월 어느 날, 한 아버지는 불의의 사고로 죽은 여덟 살 아들에게 다음과 같은 편지를 띄운다.

"아직도 문소리가 날 때마다 혹시나 네가 들어오는가 싶어 고개를 돌린다. 큰길가에서 전차와 자동차를 보고 서 있지는 않은지, 장난감 가게에서 갖고 싶은 장난감을 못 사서 시무룩하게 서 있지는 않은지, 대문간에 동네 아이들을 모아 놓고 딱지치기를 하고 있지는 않은지…. 금방이라도 네가 "엄마, 엄마, 엄마"하고 뛰어들어올 것만 같구나. … (중략) … 하지만 아침 상머리에 네가 없음을 알고 아빠는 눈물이 쏟아진다."

춘원 이광수는 몹시도 사랑하던 아들 봉근이 죽자 큰 충격을 받는다. 이에 아들이 살아 있을 때 아무것도 해준 것이 없는 자신을 못난 아비라 부르며 일 년여에 걸쳐 보낼 수 없는 편지를 쓴다. 그런데 불과 한 달여 만에 또 사랑하는 조카딸을 잃고 말았다. 그 슬픔이 얼마나 깊었으면 '슬픔 위에 덧쌓이는 슬픔이여!'라고 했을까. 그래서일까. 이후 그는 무척 괴로워하며 한동안 글쓰기를 중단했다고 한다.

춘원은 한국 현대문학의 실질적인 기초를 다진 근대문학의 개척자로 일컬어진다. 그의 작품은 쉽고 매끄러운 문장, 풍부한 어휘 면에서 높은 평가를 받는다. 특히 일상생활에서 자주 쓰이는 쉬운 단어를 절묘하게 사용해 주옥같은 문장을 엮어냈다. 그러나 그의 행적이 문제가 되었다. 한때 3 · 1 독립선언서의 기초가 된 2 · 8 독립선언서를 작성하는 등 독립운동에 가담하기도 했지만, 결국 변절한 나머지 '민족개조론' 등을 앞세우며 친일파라는 오명을 남겼기 때문이다. 과연 그는 자신의 친일 행각에 대해서 어떤 생각을 갖고 있었을까.

> "내가 조선 신궁에 가서 절하고 카야마 미쓰로(香山光郞)로 이름을 고친 날 나는 벌써 훼절한 사람이었다. 전쟁 중에 내가 천황을 부르고, 내선일체를 부른 것은 일시 조선 민족에 내릴 듯한 화단을 조금이라도 돌리고자 한 것이지만, 그러한 목적으로 살아 있어 움직인 것이지만, 이제 민족이 일본의 기반을 벗은 이상 나는 더 말할 필요도, 말하지 않을 필요도 없는 것이다."
>
> **– 이광수, 〈나의 고백〉 중에서**

그는 자신의 행동에 대해서 그리 심각하게 생각하지 않은 듯하다. 정당화한 측면이 강하기 때문이다.

얼마 전 그의 이름을 딴 문학상을 제정한다고 해서 말이 많았다. 하지만 결국 친일 논란 때문에 철회되고 말았다. 평론가 김현의 말처럼, 그는 아직도 '만질수록 덧나는 상처'임이 틀림없다.

나는 돈을 벌 줄 모릅니다.
어떻게 하면 돈을 벌 수 있을까요?

나는 두 분께 돈을 갖다 드린 일도, 필 사 드린 일도 없습니다. 또 한 번도 절을 해본 일이 없습니다. 두 분이 내게 운동화를 사주시면, 나는 그것을 신고, 두 분이 모르는 골목길로만 다녀 금방 망가뜨리고 말았습니다. 또 월사금을 주시면 두 분이 못 알아보는 글자만을 골라서 배웠습니다. 그랬건만 단 한 번도 나를 미워한 일이 없습니다.

─어떤 두 주일 동안

그곳은 참 오랜만에 가 본 것입니다. 누가 거기에 가 보라고 그랬는지는 모릅니다. 매우 변했더군요. 그 전에 사생(寫生, 실물이나 실제 경치를 있는 그대로 본떠 그리는 일)하던 다리 아치(개구부 상부의 무게를 지탱하기 위하여 돌이나 벽돌을 곡선 모양으로 쌓아 올린 구조물. 또는 그런 모양이나 구조)가 모색(暮色, 날이 저물어 가는 어스레한 빛) 속에 여전하고, 시냇물 역시 그 밑을 조용히 흐르고 있습니다. 또 양쪽 언덕은 잘 다듬어서 중간중간 연못처럼 물이 괴었고, 자그마한 섬들이 세간(世間, 집안 살림에 쓰는 온갖 물건)처럼 조촐하게 놓여있습니다. 거기서 시냇물을 따라 좀 더 올라가면 졸업 기념으로 사진을 찍던 나무다리가 있습니다.

그 시절 친구들은 모두 뿔뿔이 헤어져 지금은 안부조차 모릅니다. 나는 거기까지는 가지 않고 의자처럼 생긴 어느 나무토막에 앉아서 물속으로도 황혼이 오는지 안 오는지 들여다보고 있었습니다. 잎사귀가 모두 떨어진 나무들이 물속에 거꾸로 비쳤습니다. 전신주도 비쳤습니다. 물은 그런 틈새로 잘 빠져서 흐릅니다. 하지만 내려놓은 그 풍경을 만져 보는 일은 결코 없습니다. 바람 없는 저녁입니다. 물속 전신주에 달린 전등에 불이 들어왔습니다. 마치 무슨 중요한 '말씀' 같습니다.

— '밤이 오십니다.'

나는 고개를 들어 땅 위의 전신주를 보았습니다. 갑자기 불이 켜집니다. 내가 보지 않는 동안 백주(白晝, 대낮)를 한 병 담아서 놀던 전등이 잠시 한눈을 판 것 같습니다. 그래, 밤이 오나…… 그러고 보니, 공기가 참 차갑습니다.

두루마기 아궁탱이(소맷부리) 속에서 오른손이 왼손을 꼭 쥐고 땀을 흘리고 있습니다. 내 마음이 허공에 있거나 물속으로 가라앉았을 동안에도 육신은 육신끼리의 사랑을 잊어버리거나 게을리하지 않나 봅니다. 머리카락은 모자 속에서 헝클어진 채 아무 소리도 없습니다. 어떻게 생각하면 이 가난한 모체(母體, 몸)를 의지하며 지내는 것들이 불쌍한 것도 같습니다. 땅으로 치면 메마른 불모지와도 같은 셈입니다. 눈도 퀭하니 힘이 없고, 귀도 먼지가 잔뜩 앉아서 너절한 행색입니다. 목에서는 소리가 제대로 나기는 하지만 낡은 풍금처럼 윤기가 없습니다. 콧속 역시 늘 도배한 것, 낡은 것처럼 우중충합니다. 20여 년이나 하나를 믿고 다소곳이 따라 지내온 그들이 어지간히 가엾고 끔찍할 뿐입니다. 그런 그윽한 충성을 잊은 채, 나는 지금 망하려 드는 것입니다.

일신(一身, 자기 한 몸)의 식구들이(손·코·귀·발·허리·종아리·목 등) 주인의 심사(心思, 사람이나 사물에 대해 일어나는 어떤 감정이나 생각)를 무던히(수준이나 정도가 꽤 상당하게) 헤아리나 봅니다. 이리 비켜서고 저리 비켜서고, 서로서로 쳐다보기도 하고, 불안스러워하기도 하는 중에도 서로서로 의지하고, 여전히 다소곳이 닥쳐올 일을 기다리고만 있는 것 같습니다. 그러는 동안 꽤 어두워졌습니다.

별이 한 분씩 두 분씩 모여들기 시작합니다. 어디서 오시나. 굿 이브닝! 뿔뿔이 이야기꽃을 피우나 봅니다. 어떤 별은 좋은 담배를 피우고, 어떤 별은 정한(情恨, 정과 한) 손수건으로 안경알을 닦기도 하고, 또 기념촬영을 하는 무리도 있습니다. 나는 그런 오붓한 회장(會場, 모임이 열리는 장소)을 고개를 들어 쳐다보지 않은 채 물속을 통해 쳐다봅니다. 시각이 거의 되었나 봅니다. 오늘 밤 프로그램은 참 재미있는 여흥(餘興, 연회나 모임 끝에 흥을 돋우기 위하여 곁들이는 연예나 오락)이 가지가지 있나 봅니다. 금 단추를 단 순시(巡視, 조직의 관리자 또는 책임자)가 여기저기서 들창을 닫는 소리가 들립니다.

갑자기 회장이 어두워지더니, 모든 얼굴이 활기를 띱니다. 그중에는 가벼운 흥분으로 인해 잠깐 입술이 떨리는 이도 있고, 의미 있는 미소를 주고받으며 눈을 끔벅거리는 이들도 있습니다. 안드로메다, 오리온, 이렇게 좌석을 정한 후 담배도 모두 꺼버렸습니다. 그때 누군가가 회장 뒷문으로 허둥지둥 들어왔나 봅니다. 모든 별의 고개가 한쪽으로 일제히 기울어졌습니다. 근심스러운 체조, 그리고 숨결 죽이는 겸허로 인해 하늘이 더 깊고, 멀고, 어둡고, 멀어진 것 같습니다.

무슨 일일까요? 넓은 하늘 맨 뒤까지 들리는 그윽하지만, 결코 거칠지 않은 음악처럼 맑고 또렷한 말씀이 들립니다.

—여러분, 오늘 저녁에는 모두 일찍 돌아가시라는 전령입니다.

우— 모두 일어나나 봅니다. 발루아 검정 모자는 참 품(品, 등급)이 있어 보이고, 스페인풍 망토 자락 역시 퍽 보기 좋습니다. 에나멜 구두가 부드러운 융단을 딛는 소리가 빠드득빠드득 꽈리 부는 소리처럼 들립니다. 모두 뿔뿔이 걸어서 갑니다.

이제 회장이 텅 빈 것 같습니다. 군데군데 전등이 몇 개 남아 있을 뿐입니다. 오늘 밤 숙직(宿直, 건물이나 시설 등을 밤새도록 지킴)을 할 늙은 이가 들어오더니, 그나마 하나씩 둘씩 꺼져버립니다. 삽시간에 등불도 다 꺼지고, 어둡고 답답한 하늘에는 츄잉검과 캐러멜 껍데기가 여기저기 흩어져 있습니다. 무슨 일이 있으려나. 대궐에 초상이 났나 봅니다.

나는 팔짱을 끼고 오랫동안 잊어버렸던 우두(牛痘, 천연두) 자국을 만져 보았습니다. 그러고 보니 우리 어머니도, 우리 아버지도 모두 얼굴이 얽으셨습니다. 하지만 두 분 모두 마음만은 착하기 그지없습니다. 우리 아버지는 손톱이 일곱 개밖에 없습니다. 궁내부(宮內府, 1894년 제1차 갑오개혁 때 신설되어 왕실 업무를 총괄한 관청) 활판소(活版所, 활판을 짜서 인쇄하는 곳)에 다닐 때 손가락 세 개를 두 번에 걸쳐 잘리고 말았습니다. 우리 어머니는 생일도, 이름도 모릅니다. 태어나면서부터 친정이 없기 때문입니다. 그래서 나는 외갓집이 있는 사람이 매우 부럽습니다. 하지만 우리 아버지는 장모 있는 사람을 그렇게 부러워하지 않습니다.

나는 두 분께 돈을 갖다 드린 일도, 뭘 사 드린 일도 없습니다. 또 한 번도 절을 해본 일이 없습니다. 두 분이 내게 운동화를 사주시면, 나는 그것을 신고, 두 분이 모르는 골목길로만 다녀 금방 망가뜨리고 말았습니다. 또 월사금(학교에 매달 내던 수업료)을 주시면 두 분이 못 알아보는 글자만을 골라서 배웠습니다. 그랬건만 단 한 번도 나를 미워한 일이 없습니다. 집을 나갔다가 23년 만에 돌아왔더니, 여전히 가난하게 사실 뿐이었습니다. 어머니는 내 대님과 허리띠를 접어주셨고, 아버지는 내 모자와 양복저고리를 걸기 위해 못을 박으셨습니다. 동생도 다 자랐고, 막냇누이도 어느새 아가씨가 되어 있었습니다. 그랬건만 나는 돈을 벌 줄 모릅니다. 어떻게 하면 돈을 벌 수 있을까요? 못 법니다. 못 법니다.

내게는 친구도 없습니다. 어른도 없습니다. 버릇도 없습니다. 뚝심(굳세게 버티어 내는 힘)도 없습니다.

손이 뺨을 만집니다. 남의 손처럼 차갑습니다. '무슨 생각을 그렇게 하시나요? 이렇게 야위었는데.' 모체(母體)가 망하려 드는 기색을 알아차렸나 봅니다. 이내 위문(慰問, 불행에 처한 사람이나 수고하는 사람 등을 위로하고 사기를 북돋기 위해 방문하거나 안부를 물음)이 끊이지 않습니다. 그러면 뭘 하나. 속절없을 뿐이지.

나는 내 마음 최후의 재산인 기사(記事)마저도 이미 몰래 내다 버렸습니다. 남은 것이라곤 약 한 봉지와 물 한 그릇 뿐입니다. 어느 날이고, 밤 깊이 너희들이 잠든 틈을 타서 살짝 망하리라. 그 생각이 하나 적혀 있을 뿐입니다. 어머니 아버지에게 말하지 않고, 친구들에게도 전화하지 않은 채 기아(棄兒, 부모 또는 육아의 의무가 있는 사람이 아이를 몰래 내어다 버림)하듯이 망하렵니다.

하하, 비가 오시기 시작합니다. 살랑살랑 물 위에 파문이 어지럽습니다. 고무신 신은 사람처럼 소리가 없습니다. 눈물보다도 고요합니다. 공기는 한층 더 차갑습니다. 까치나 한 마리…… 참, 이 비에 까치집이 새지 않는지 모르겠습니다. 이제 까치도 살기가 어려워져 서울 근방에서는 모두 없어졌나 봅니다. 이렇게 궂은비가 오는 밤에는 우는 사람도 많을 것입니다. 건너편 양옥집 들창이 유달리 환하더니, 결국 누군가가 그 들창을 안으로 닫아 버리고 맙니다. 따뜻한 방이 눈을 감고 실없는 장난을 하려나 봅니다. 마음대로 하라지요, 뭐.

하지만 한데는 너무 춥고, 빗방울은 차차 굵어갑니다. 비가 오네, 비가 오누나. 이제 비가 들기만 하면 날이 새렷다. 그런 계절에 대한 근심이 마음을 불안하게 하는 때, 나는 사람이 불현듯 그리워집니다. 지금 내 곁에는, 내 여인이 벙어리처럼 서 있을 뿐입니다.

나는 가만히 여인의 얼굴을 쳐다봅니다. 참 하얗고도 애처롭습니다. 여인에게는 그전에 달빛 아래서 오래오래 놀던 세월이 있었나 봅니다. 아, 저런 얼굴에…… 하지만 입 맞출 곳이 하나도 없습니다. 입 맞출 자리란, 말하자면 얼굴 중에도 반드시 아무것도 아닌 자그마한 빈 터전이어야만 합니다. 그렇건만 이 여인의 얼굴에는 그런 공지(空地, 빈터)가 단한 군데도 없습니다. 나는 이 태엽을 감아도 소리 안 나는 여인을 가만히가져다가 내 마음에다 놓아두는 중입니다. 텅텅 빈 내 모체가 망할 때, 나는 이 '시몬'과 같은 여인을 체(滯, 막히다)한 채 그립니다. 이 여인은내 마음의 잃어버린 제목입니다. 그리고 미구(未久, 앞으로 곧)에 내어다 버릴 내 마음을 잠시 걸어 두는 한 개의 못입니다. 육신의 각 부분도 이모체의 허망함을 묵인하고 있나 봅니다.

"여인이여, 내 그대 몸에는 손가락 하나 대지 않으리다. 그러니 우리 함께 죽읍시다."

"Double Platonic Suicide(동반자살)인가요?"

"아니지요, 두 개의 Single Suicide(자살)이지요."

나는 수첩을 꺼내어 날짜를 짚었습니다. 오늘이 11월 16일이고, 다음다음 주 휴일이 12월 1일이라고.

"두 주일이군요."

여인의 창호지같이 창백한 얼굴에 금이 가면서 웃음이 살짝 보입니다. 여인은 그윽한 내 공책에 악보처럼 생긴 글자로 증서를 하나 쓰고 지장을 찍어주었습니다.

"틀림없이 같이 죽어드리기로."

"네, 감사하다 뿐이겠습니까."

나는 내가 제일 좋아하는 노래를 생각하며 휘파람을 불었습니다.

나는 세상의 모든 죄송스러운 일을 잊어버리기로 하였습니다. 그리고 깨끗한 손수건을 깃발처럼 흔들었습니다. 패배의 기념입니다.

"저기 저 자동차들은 비가 오는데 어디를 저렇게 가는 걸까요?"

"네, 그 고개 너머에 성모의 시장이 있습니다."

"일 원짜리가 있다니 정말 불을 지르고 싶습니다."

"왜요?"

자동차들은 헤드라이트로 물을 튀기면서 언덕 너머로 언덕 너머로 몰려갑니다. 오늘처럼 척척한 밤공기 속에서는 분도 좀 더 발라야 하고, 향수도 좀 더 강렬한 것이 필요할 것 같습니다.

참 척척합니다(살갗에 닿아서 축축하고 차갑다). 이제 비가 제법 옵니다. 모자 차양(햇볕을 가리거나 비가 들이치는 것을 막기 위하여 처마 끝이나 창문 바깥쪽에 덧붙이는 물건)에서도 물이 뚝뚝 떨어집니다. 두루마기는 속속들이 젖어서 이제 저고리마저 젖기 시작했습니다. 아무도 보는 사람이 없습니다. 아무도 없는데 왜 부끄러워해야 합니까? 나는 누구나 만날 때마다 부끄러워하렵니다. 그러나 그이는 내가 왜 부끄러워하는지 모릅니다.

내 속에 사는 악마는 고생을 많이 한 사람처럼 키가 매우 작습니다. 또 몸무게 역시 몇 푼 되지 않습니다. 그런데 어디서 횡재를 하고 돌아왔습니다. 장갑을 벗으면서 초췌하지만 즐거운 얼굴을 잠시 거울 속으로 엿보나 봅니다. 그러고 나서 깨끗한 도화지 위에 단색으로 풍경화를 한 장 그립니다.

언젠가 한 번 왔다 간 적이 있는 항구입니다. 날이 좀 흐렸습니다. 반찬도 맛이 없습니다. 젊은 사람이 젊은 여인을 곁에 세운 채 우체통에 편지를 넣습니다. 철썩, 어둠은 물과 같이 출렁출렁하나 봅니다. 우체통 안으로 꼭두서니(꼭두서닛과에 속한 여러해살이 덩굴풀) 빗물이 차갑게 튀어서 편지가 젖었을까 생각해봅니다. 젊은 사람이 입맛을 다시더니 곁에 있던 여인과 어깨를 나란히 한 채 부두를 향해 걸어갑니다. 몇 시나 되었을까…… 4시? 해는 어지간히 서쪽으로 기울고, 음산한 바람이 밀물 냄새를 품고 불어옵니다.

"담배 다섯 갑만 주세요. 그리고 오십 진짜리 초콜릿도 하나 주시ㅜ요."

여보 하릴없이 실감개 같지…….

"자, 안녕히 계십시오."

골목은 길고 포도(鋪道, 돌·시멘트·아스팔트 따위를 깔아 단단하게 다져 꾸민 도로)에는 귤껍질이 여기저기 흩어졌습니다.

뚜―부두에서 들려오는 기적 소리가 분명합니다. 뚜―, 이 뚜― 소리에는 옅은 보라색을 칠해야 합니다. '부두'올시다. 에그, 여기도 버스가 있구려.

돛대(선체의 중심 갑판에 수직으로 세운 기둥) 위에서 깃발이 숨이 차서 헐떡헐떡 야단입니다. 젊은 사람은 앞가슴 두 번째 단추를 빼어놓습니다. 누가 암살을 하면 어떻게 하게? 축항(築港, 항구)의 물은 새까맣습니다. 나무토막이 떴습니다. 저놈은 대체 어디서 떨어져 나온 놈일까요? 참, 갈매기가 나네요. 오늘은 헌 옷을 입었습니다. 길이 진가 봅니다.

자, 탑시다. 선벽(船壁, 배의 벽)은 검고, 굴 딱지가 많이 붙어 있습니다.

하여간 탑시다. 시간이 다 된 모양입니다. 뚜―뚜뚜―떠나나 봅니다. 저는 좀 드러눕겠습니다. "저도요!" 좀 동그란 들창으로 좀 내다봐야겠군요. 항구에는 불이 들어왔습니다. 여인의 이마를 좀 짚어봅니다. 따끈따끈합니다. 팔팔 끓습니다. 어쩌나…… 그러지 마요. 담배를 피워 물었습니다. 한 개 피우고, 두 개 피우고, 잇대어 세 개를 피우고, 네 개, 다섯 개, 이렇게 해서 쉰 개를 피우는 동안에 결심하면 됩니다.

"여보, 그동안 당신은 초콜릿이나 잡수세요."

선실에도 불이 켜졌습니다. 모두 피곤하나 봅니다. 마흔 개, 마흔한 개…… 이렇게 해서 어느 사이에 마흔아홉 개를 태워버렸습니다. 혀가 아려서 견디지 못하겠습니다. 초저녁이 흔들립니다.

"여보, 이 꽁초 늘어선 것 좀 봐! 마흔아홉 개예요. 일어나요, 이제 갑판으로 나갑시다."

여인은 다소곳이 일어나건만 여전히 말이 없습니다. 흐렸군. 별도 없이 바다는 그냥 문을 닫은 것처럼 어둡습니다. 소금 냄새 나는 바람이 여인의 치맛자락을 휘날립니다. 한 개 남은 담배에 불을 붙여 물고, 요거 한 대가 다 타는 동안 마지막 결심을 하면 됩니다.

"여보, 서럽지는 않소?"

여인은 머리를 좌우로 흔듭니다.

"이제 다 탔소!"

문을 닫아라. 배를 벗어 버리는 미끄러운 소리…… 답답한 야음을 떠미는 힘든 소리…… 바다가 깨어지는 요란한 소리…… 굿바이! 악마는 이 그림 한구석에 차근차근 사인을 하였습니다.

　두 주일이 속절없이 지나가고, 휴일이 찾아왔습니다. 나는 강변 모래밭을 여인과 함께 걷고 있었습니다. 나는 기침을 합니다. 콜록콜록—콜록—결국 감기가 들고 말았습니다.

　바람이 사정없이 불어옵니다. 내 포켓에는 걱정이 하나 들어 있습니다. 여인은 오늘 유달리 키가 작아 보일 뿐만 아니라 생기가 없어 보입니다. 그럴 줄 알았습니다. 당신은 너무 젊습니다. 그렇게 젊은 몸으로 이렇게 지꾸 기일이 친연(遷延, 일이나 날짜 등을 오래 끌어 미루어 감)되는 데서, 나는 불안이 점점 커갈 뿐입니다. 바람을 띵띵 먹은 돛폭(돛을 이루고 있는 넓은 천)을 둘씩 셋씩 세운 상가선(商賈船, 장사할 물건을 싣고 다니는 작은 배)이 뒤이어 올라가고 있습니다. 노래나 한마디 하시구려. 하늘은 차고, 땅은 젖었습니다. 과자보다도 가벼운 여인의 체중입니다.

　나는 돌아서서 겨우 담배를 붙여 물고 겸사겸사 한숨을 쉬었습니다. 기침이 납니다. 저리 가봅시다. 방풍림 우거진 속으로 철로가 놓여 있습니다. 까치 한 마리도 없이, 낙엽은 낙엽대로 쌓여서 이 세상에 이렇게 황량한 데가 또 있을까요?

　나는 여인의 팔짱을 끼고 질컥질컥하는 낙엽을 밟으면서 자꾸만 동쪽으로 걸었습니다. 자갈을 가득 실은 화물차가 자그마한 기적을 울리며 우리 곁을 지나갑니다. 우리는 그 자리에 서서 동화 같은 그 풍경을 한없이 바라보았습니다. 간혹 낙엽 위로 나 있는 길도 있습니다. 그러나 사람은 단 한 명도 만날 수 없습니다. 어디까지나 황량한 인외경(人外境, 사람이 살고 있지 않은 곳)일 뿐입니다.

　나는 야트막한 여인의 어깨를 어루만지며 장미처럼 생긴 귀에다 대고 부드럽게 말했습니다.

"집에 갑시다."

"싫어요. 저는 오늘 아주 나왔어요."

"닷새만 더 참아요."

"참지요…… 하지만 그렇게까지 해서라도 꼭 죽어야 하나요? 그러면 죽은 셈 치고, 그 영혼을 제게 빌려주실 순 없나요?"

"안 됩니다."

"언제든지 죽어드리겠다는 저당을 붙여도요?"

"네."

　세상에 이런 일이 또 있습니까? 나는 주머니 속에서 몇 통의 편지를 꺼내 그 자리에서 모두 찢어버리고 말았습니다. 군(君)이 이 편지를 받았을 때, 나는 이미 아무개와 함께 이 세상 사람이 아니리라는, 내 마지막 허영심을 담은 편지였습니다. 하지만 그게 뭐란 말입니까? 과연, 지금 나로서는 내 한목숨도 끊을 만한 용기가 없습니다. 수양(修養)이 되지 않았기 때문입니다. 하지만 힘써 얻어 보겠습니다. 까치도 오지 않는 이 그윽한 수풀 속에 난데없는 떼 상장(喪章, 상중에 있음을 나타내거나 조의를 표하기 위하여 옷깃이나 소매 따위에 다는 이름표)이 쏟아진 것입니다. 여인의 얼굴은 새파래졌습니다.

　인의 얼굴은 새파래졌습니다.

이상 글의 가장 큰 특징은 누가 뭐라고 해도 탁월한 심리 묘사다. 그 중심에는 우울과 권태, 난해함이 자리하고 있는데, 이를 통해 그의 내면을 엿볼 수 있다.

　그는 어린 시절 큰아버지의 양자로 들어가서 그곳에서 스물네 살 때까지 생활히였다. 이것이 바로 그가 23년간 가족과 떨어져 살아야 했던 이유이다. 〈슬픈 이야기〉는 이에 대한 슬픔과 부모의 사랑, 가장으로서의 무능력함을 고백하고 있다.

　　"집을 나갔다가 23년 만에 돌아왔더니, 여전히 가난하게 사실 뿐이었습니다. …… (중략)…… 나는 돈을 벌 줄 모릅니다. 어떻게 하면 돈을 버나요, 못 법니다. 못 법니다."

　사실 그가 종로에서 〈제비다방〉을 운영한 것도 생활의 어려움을 해결하기 위해서였다. 하지만 안타깝게도 다방은 경영난으로 인해 2년 만에 문을 닫고 말았다. 그 후에도 인사동에 카페 〈학〉과 종로 1가에 다방 〈69〉를 개업해 돈을 벌려고 했지만 모두 실패했다. 그만큼 그는 가장으로서 무거운 책임감을 느끼고 있었다. 오죽했으면 어떻게 해야 돈을 벌 수 있냐고 하소연할 정도였다.

1936년 6월, 그는 이화여전 영문과를 다닌 문학소녀 변동림을 만나 결혼식을 올린다. 하지만 4개월 후 일본으로 떠났다가 사상이 불온하다는 이유로 체포되어 갖은 고문 끝에 이듬해 4월 사망하고 말았다.

다음은 그가 남동생 김운경에게 보낸 편지로 살아생전 마지막으로 보낸 것이다.

어제 동림(이상의 아내 변동림)이 편지로 비로소 네가 취직되었다는 소식 듣고 어찌나 반가웠는지 모르겠다. 이곳에 와서 나는 하루도 마음이 편한 날 없이 집안 걱정을 하여 왔다. 울화가 치미는 때는 너에게 불쾌한 편지도 썼다. 그러나 이제는 마음을 놓겠다. 불민(不敏, 어리석고 재빠르지 못함)한 형이다. 인자(人子, 사람의 아들)의 도리를 못 밟는 이 형이다. 그러나 나는 가정보다도 하여야 할 일이 있다. 아무쪼록 늙으신 어머님 아버님을 너의 정성으로 위로하여 드려라. 내 자세한 글, 너에게만은 부디 들려주고 싶은 자세한 말은 2, 3일 내로 다시 쓰겠다.

이 편지를 끝으로 그는 다시는 고국 땅을 밟아보지도 못한 채 낯선 땅에서 눈을 감아야 했다. 죽는 순간까지도 가족을 걱정해야 했던 그의 죽음이 안타까울 뿐이다.

엄마는 수없이 울었을 것이다

조그만 아이가 아무 말도 없이 주둥이를 쑥 내민 채 죽은 엄마의 사진을 보고 있는 모습을 보며, 슬퍼
하지 않을 사람이 누가 있겠느냐. 어느 누가 눈물을 흘리지 않으리. 그래서 나는 마치 네가 못 볼 것
이라도 본 것처럼 네 손에서 엄마의 사신을 얼른 빼앗곤 했다. 그러면 너는 울지도, 웃지도 않은 채
표정 하나 깨뜨리지 않고 뭐라도 생각하는 듯이 한쪽 벽을 보고 그대로 앉아 있곤 했다.

아무것도 알지 못하는 너희들을 향해 펜을 들게 된 아빠의 마음을 너
희들이 알려면 아마 적어도 십 년 내지 십오 년 이상은 걸릴 것이다.

십 년, 십오 년 후에야 너희들이 볼 수 있고 이해할 수 있을 이 글을 아빠
가 이렇게 이르게 쓰게 될 줄은 나는 물론 엄마를 사랑했던 사람들도 미
처 생각하지 못했던 일이다.

그것은 너무도 큰 괴변이자 너무도 커다란 역참(逆慘, 참변)이었다. 따
라서 아무리 철이 없고 엄마 아빠를 분간조차 못 하는 너희들이라도 이
괴변과 역참을 생각한다면 단풍잎 같은 두 손으로 스스로 맺히는 이슬방
울을 닦기 위해 두 눈을 한없이 문지르고 있을 것이라고 나는 생각한다.

엄마는 이십삼 년이라는 짧은 삶을 살고, 스물네 살이 되자마자 나와
어린 너희들을 남겨둔 채 사색(思索)과 감각(感覺)하기를 영원히 끊어

버리고 말았다. 이 사실을 너희들이 이해하게 되는 날이 온다면 그때는 아마 이 펜을 잡고 있는 아빠의 모든 슬픔과 사정 역시 이해할 수 있을 것이다. 그러나 그것이 십 년 후이랴, 십오 년 후이랴! 물론 너희들이 이 글을 보기까지는 십 년도 채 안 걸릴 수도 있다. 그러나 너희들이 이 글을 완전히 이해하기까지는 십 년이 걸릴지 이십 년이 걸릴지 알 수 없다.

이 글을 이해하기 위해 너희들은 비상한 정서(情緒)의 힘을 갖지 않으면 안 될지도 모른다. 나아가 비상하고 날카로운 이해의 힘을 갖지 않으면 안 된다. 혹은 그때는 이미 완전히 과거의 것이 되어버린 낡고 완고한 나의 사상을 이해하는 대신 조소와 경멸을 하면서 이 글을 볼 수도 있다. 그러나 이러한 모든 것은 새로운 시대에 살고 있을 너희들의 마음의 문제이며, 너희들이 나의 사상을 여하히(의견·성질·형편·상태 따위가 어찌 되어 있게) 평가하고 이해한다고 해도 그것은 너희들의 자유다. 나는 오직 낡고 완고해진 나의 사상과 엄마의 교훈과 너희들에 대한 우리의 사랑을 정당하게 너희들이 소화하는 데 의하여 그것이 조금이라도 너희들을 생각과 완성으로 이끄는 정신적인 영양(營養)이 될 수 있을지도 모른다는 생각에 이 글을 쓰고 있기 때문이다.

그러나 내가 지금 펜을 들고 있는 가장 큰 이유는 앞으로 다가올 십 년 또는 이십 년의 미래에 너희들을 내 무릎 앞에 앉히고 십 년 또는 이십 년 전에 어떤 슬픈 일이 있었으며, 너희들의 엄마가 너희들에게 주지 못한 채 돌아간 수많은 교훈과 사랑에 대해 너희들에게 이해할 수 있을 만큼 이야기할 기회가 올 것이냐 못 올 것이냐 하는 의문 때문이다.

너희가 이 글을 보게 될는지—물론 그것도 의문이지만—그러나 너희가 어떤 기회에 엄마와 아빠의 지나온 길을 알려고 하는 진지한 태도가 생길 때, 그리고 엄마와 아빠의 너희에 대한 사랑을 알고자 할 때 몇십 년 전에 쓴 이 글이 도움되리라고 나는 생각한다.

사실 너희들이 자라서 당당하게 한 사람의 몫을 다할 때까지 아빠가 살아있을지도 의문이다. 지금 내 건강으로 미뤄 보건대, 너희들이 클 때까지 살아 있고 싶다는 간절한 바람은 물거품이 될 수도 있다. 설령, 이런 모든 불행을 생각하지 않고, 너희 둘을 내 무릎 앞에 앉혀 놓고 엄마에 대해서 이야기할 기회가 온다고 한들, 지금 내가 하고자 하는 이야기를 그대로 전할 수는 없을 것이다. 또한, 엄마에 대한 너희들의 생각 역시 변하지 않으리라는 보장도 없다. 그리하여 나는 펜을 들지 않을 수 없었다.

두 달 전, 너희는 엄마를 영원히 잃어버리고 말았다. 하지만 너희는 엄마가 누구인지, 엄마가 살았는지 죽었는지조차 분간하지 못했다. 그도 그럴 것이 큰 아이는 이제 두 돌이 지나 네 살이었고, 작은 아이는 세상에 나온 지 불과 열흘이 채 안 되었기 때문이다. 엄마의 사랑과 젖, 품이 필요할 시기였다.

큰 아이는 우리의 구차한 삶에 장애가 된다고 해서 서너 달 전부터 외할머니의 품속에서 자라고 있었다. 그래서인지 엄마의 사진첩을 펼쳐 "엄마가 누구냐?"고 물으면 바로 짚을 때도 있고 혹은 다른 여인의 얼굴 위에 통통하고 짧은 손가락을 짚으면서 우리를 쳐다볼 때도 있었다. 그때마다 나는 큰 아이의 손가락을 엄마 얼굴 위에다 짚어주며 이렇게 말하곤 했다.

"똑똑히 봐! 네 엄마는 이 사람이야!"

작은 아이가 태어나기 전의 일이다.

큰 아이와 함께 시골에서 올라오신 외할머니가 방이 작아서 함께 주무시지 못하고 아이만 남긴 채 다른 곳으로 가신 적이 있다. 이에 엄마와 아빠는 큰 아이를 가운데 눕히고 자려고 했다. 그런데 재롱을 피우며 방 안 이곳저곳을 돌아다니던 아이가 몹시 쓸쓸해 하는 표정으로 아빠와 엄마를 번갈아 쳐다보더니, 그대로 엄마의 품에 안기어 잠이 들고 말았다. 엄마의 젖을 꼭 쥐고 이따금 움찔움찔하면서.

그런데 밤중이 되어 무엇에 깜짝 놀란 듯이 얼핏 눈을 뜨더니 벌떡 일어나 앉으며 두리번거리며 누군가를 찾지 뭐냐. 그리고 잠시 두 어깨가 들먹들먹하더니 이내 동그래진 두 눈에서 눈물을 뚝뚝 흘리며 '엄마'를 찾았다.

"엄마, 여기 있다."

엄마가 큰 아이를 꼭 끌어안으며 말했지만 아이는 여전히 울기만 했다. 그리고 누군가를 찾으며 "엄마! 엄마"라고 울었다.

"이런 변이 있나. 많지도 않은 딸 하나를 제대로 키우지 못하다니."

엄마는 큰 아이를 안으면서 잠옷 자락으로 눈물을 쓱—문질렀다.

"그만한 일에 울기는. 아이가 할머니를 따르는 게 뭐 그리 큰 잘못인가?"

나는 이불 속에서 물끄러미 모녀의 모습을 바라보다가 그대로 홱—하고 돌아눕고 말았다.

"누가 큰 잘못이래요. 딸이 엄마 품을 모르고 우니까 그렇지."

이것이 큰 아이가 마지막으로 엄마의 품에 안겼을 때의 일로 엄마 역시 그 후 아이의 얼굴을 다시 보지 못했다.

큰 아이가 제 엄마의 젖을 쥐고도 제 엄마의 품인 줄을 몰랐거늘, 하물며 핏덩어리에 불과했던 작은아이는 더 말할 여지도 없다. 아이는 이제 겨우 울 줄이나 알고 젖이나 빨 줄 안다. 가끔 천장을 쳐다보다가 생긋생긋 웃기도 한다.

나는 지금까지 부모의 사랑이라든지, 아이들에 대한 어버이의 사랑에 대해 진실로 생각해본 적이 없다. 그래서 부끄럽지만, 아이를 안고 눈물을 흘리던 네 엄마를 꾸짖으며, 창피하게 굴지 말라고 야단을 친 적도 있다. 그러나 지금 엄마를 잃어버린 어린 너희들을 생각하면 말할 수 없는 참담함과 쓸쓸함을 느끼게 된다. 너희들의 앞날을 밝혀줄 하나의 큰 빛을 잃어버린 것 같은 생각이 들기 때문이다. 이렇게 말하면 세상 사람들은 물론 너희들 역시 나의 완고하고 어리석음을 비웃을지도 모른다. 나자신도 제삼자로서 그런 경우를 보았다면 틀림없이 그렇게 했을 것이다. 물론 어려서 엄마를 잃은 아이들이 너희들만 있는 것은 아니다. 매일 적지 않은 사람들이 엄마와 아내를 잃었다는 소식을 들을 수 있기 때문이다.

그러나 나의 사랑스러운 딸들이여!

세상에 수없이 많은 일이라고 해서 그것이 결코 작은 일이며, 세상에

허구한 일이라고 해서 반드시 그것이 결코 큰일이라고는 할 수 없다. 두 돌이 지난 것과 생후 채 열흘도 안 되는 너희들이 단 하나뿐인 엄마를 잃은 일, 나아가 건전한 감정과 이지를 채 갖기도 전에 자신의 천품과 개성을 싹조차 피우지 못하고, 어린 두 딸을 그대로 두고 이십삼 년이라는 짧은 생을 마치고 땅속으로 돌아간 일은 결코 작거나 부끄러운 일이 아니다. 그러므로 세상 사람들이 엄마의 죽음에 대해서 잊어버리고, 엄마를 사랑하던 사람들이 엄마와의 추억을 완전히 잊어버린 뒤에도 너희들이 느끼는 비통한 슬픔은 무엇과도 바꿀 수 없을 것이다. 이에 너희들은 인생의 첫걸음에 수많은 적막의 적잖이 큰 부분을 미리 맛보았다고 할 수 있다. 즉, '네부스키'의 탄탄대로가 아닌 '형자(刑者)의 소로' 위에 선 것이다.

그러나 귀엽고 사랑스러운 나의 딸들이여!

이 커다란 불행이 동시에 세상 그 무엇과도 바꿀 수 없는 큰 행복임을 결코 잊어서는 안 된다. 이 불행 탓에 그리고 이 슬픔 탓에 너희들은 인생에 대한 심오한 적막 앞에 부딪히게 될 것이며, 이는 너희들 인생에 있어 둘도 없는 소중한 자산이 될 것이다. 즉, 너희들이 반드시 걸어나가야 할 인생의 행로 위에서, 너희들이 부딪치고, 그것을 뚫고 나가야 할 수많은 장애물 앞에 세워질 때 너희들에게 조금도 두려움 없는 '돌격'의 마음을 갖게 하는 가능성을 줄 것이다. 불행을 불행으로만 생각해서는 안 된다. 마찬가지로 적막을 적막으로만 돌려보내서도 안 된다.

불행한 탓에 또한 행복한 나의 딸들이여!

너희들은 적막한 탓에 적막을 알고 적막을 알기 때문에 삶을 안다고 할 수 있다. 그 때문에 적막을 정복하지 않으면 안 된다.

엄마와 아빠가 함께 생활을 영위하게 되기까지는 실로 수많은 가시밭길을 밟아야 했다. 서로 처음 보게 된 것은 지금으로부터 십 년 전, 엄마와 아빠가 열다섯 살 되던 해 중등학교 2학년 때였다. 그러나 우리의 앞길에는 말할 수 없이 많은 장애가 있었다. 그리하여 우리는 구렁에도 빠져보았고, 큰 바위를 뚫고 나갈 수 없어 그것을 바라보며 온종일 한숨을 짓기도 했다. 해가 질 무렵에야 그것을 피해 겨우 다른 길로 돌아 나올 수 있었다. 또 다리도, 배도 없는 강물을 건너기 위해 종아리를 걷고 깊은 물속에 들어서기도 했다. 예상치 못했던 커다란 곤봉에 머리를 맞고 나아갈 방향을 알 수 없어 깊은 밀림 속에서 서로 자취를 잃고 들리지 않는 목소리로 고함을 치면서 헤맨 적도 있다. 그러면서 엄마 아빠는 비로소 인생을 알기 시작했다. 눈 녹는 언덕을 넘다가 가시덤불에 걸려 넘어지고, 무릎에 흐르는 피를 씻다가 죽은 가지에서 피어 터지는 새싹을 발견하고는 그것이 봄인 줄 오해하기도 했다. 녹일 듯이 내리쬐는 불볕더위를 피해 신작로 옆에 서 있는 백양목 그늘에서 땀을 훔칠 때, 양철로 지붕을 이은 바라크 속에서 몰려오는 홍수의 아우성을 들을 때는 바야흐로 여름이 왔음을 알았다. 또한, 비단결 같은 벽공에서 비행기의 굉음 소리를 들으며 홀로 넓은 광야를 거닐다가 서리에 젖어 있는 들국화를 꺾어 들고 가을이 지나갔음을 안 적도 없지 않다.

아, 나의 사랑스러운 딸들이여!

구름 한 점 없는 코발트 색 창공과 붉은 땅을 하얗게 줄 그은 일직선 라인 위에서 가을 하늘 속에 떠오르는 볼을 향해 명쾌한 웃음을 짓던 너희 엄마는 어린 비둘기 같은 가슴속에 인생의 적막을 안겨주었다. 그리고 이는 인생의 가장 깊은 곳을 향해 쏜 화살이 되었다.

수많은 곤란과 탄압 속에서 너희 엄마에게 나를 따르게 하고, 내게 너희 엄마를 따르게 한 단 하나의 힘은 서로의 가장 진실한 곳을 탐구하려는 진실한 태도에서 비롯되었다. 그것이 어느 정도의 족적(足蹟)을 사회에 남겼는지는 여기서 평가할 필요가 없다. (왜냐하면, 우리의 생활이 이 사회에 이바지한 바는 그 의도의 선량함에도 불구하고 아무것도 없기 때문이다) 그러나 우리가 우리의 개인적인 생활을 공적인 생활에 종속시키려고 수많은 노력을 했다는 것, 그리고 그 사이에 있는 모순을 없애기 위해 싸울 때도, 눈물을 흘릴 때도, 웃을 때도 잦았다. 너희 엄마는 이 세상을 떠나는 날까지 이 생활의 위대한 고민 속에서 살고 있었다. 이것은 너의 엄마에게 있어서나 나에게 있어서나 또는 모든 사람에게 있어서 어느 정도 숙명적인 것이리라.

그러나 이제는 완전히 새로운 시대에 살고 있을 나의 사랑스러운 딸들이여!

이 '모순의 고민'은 결코 단순한 경멸과 조소로써 침 뱉어 버릴 만큼 쓸데없는 것이 아니다. 이 고민을 극복하려는 노력으로 엄마와 아빠의 사상은 전진했고, 이 고민을 붉은 심장을 가지고 대하는 도수에 따라 엄마와 아빠는 삶의 본질에 점점 더 가까이 다가갈 수 있었다. 그런 점에서 우리 세대의 청년들이 그런 고민을 전혀 모른 채 지나가거나 표면만을 건드리고 지나간다면 그것은 인생을 제대로 '생활'했다고 볼 수 없다.

귀엽고 사랑스러운 나의 딸들이여!

너희 엄마는 이 고민을 회피하고 달아날 만큼 비겁한 사람이 아니었다. 오히려 항상 최선을 다해 고민과 싸웠다.

엄마가 아빠와 서로의 가슴 속에 든 이야기를 허심탄회하게 나눈 지 얼마 되지 않았을 때의 일이다. 사실 열다섯에 서로 처음 만나 열일곱에 편지를 나누었지만, 엄마와 아빠가 서로의 얼굴을 대하고 이야기를 나눈 것은 훨씬 뒤의 일이다.

엄마가 평양에서 여학교를 졸업하고 서울에서 일 년을 보냈을 때, 아빠는 도쿄로 건너가고자 했다. 그때가 열아홉 살 되던 해 봄이었다. 그제야 엄마와 아빠는 서로 얼굴을 마주 보고 제대로 된 이야기를 처음 나누었다.

한없이 건방졌던 중학교 졸업생과 불길 같은 자존심을 지녔던 이 시대의 젊은 여학생은 불과 한 시간이라는 짧은 시간 안에 서로의 생각이 일치한다는 사실을 발견할 수 있었다. 수많은 애매(曖昧)와 회의(懷疑) 속에서 그리고 자존심과 자존심의 격렬한 충돌 속에서 우리에게 길을 보여주고 심장을 논하게 한 것은 오직 그것 때문이었다. 그 결과, 우리는 점점 더 많은 이야기를 나누게 되었다. 그리고 며칠 후—그러나 실로 우리의 오랜 모색에 비하면 얼마 되지 않는 짧은 시일이 흐른 뒤였다. 우리의 앞길에는 우리의 힘으로는 도저히 움직일 수 없는 커다란 바위가 가로막고 있었다.

아직 어린 나의 딸들이여!

너희들이 이 글을 보고 있을 그 시대의 사회적 환경에서는 당시 엄마 아빠가 당하고 있던 장애물과 그것을 격퇴하기 위해서 얼마나 큰 힘이 필요했는지에 대해서 이해하기가 쉽지 않을 것이다. 그도 그럴 것이 그 당시 엄마와 아빠 역시 도저히 이해할 수 없었기 때문이다. 생각해보면 매우 불합리한 것이었다.

커다란 바위란 엄마와 아빠가 성(姓)과 본(本, 본적)이 같다는 것이었다. — 우리나라에서는 동성동본 사이의 결혼을 금지하고 있다. — 이에 방학 때 고향에 돌아간 엄마는 감금의 위협을 받기도 했다. 그후 엄마는 칼날 같은 냉정한 이성을 통해 아빠에게 절교를 선언하였다.

나의 사랑스러운 딸들이여!

아빠에게 절교를 선언하던 엄마의 가슴도 매우 아팠겠지만, 그 선언을 받아들여야 하는 아빠의 마음도 보통 심란한 것이 아니었다. 나는 한없이 격분하였다. 이에 아빠는 엄마에게 편지를 수차례 보냈다. 그때 아빠가 엄마에게 보낸 편지가 남아 있지는 않지만(생각건대, 당시 내가 너희 엄마에게 보낸 모든 편지가 아직 남아 있음에도 불구하고, 이 시기의 것만은 찾을 수 없는 이유는 아마도 그 편지를 부모가 보는 앞에서 모두 찢어버렸던지 혹은 편지가 주는 너무도 심한 고통 때문에 그것을 없애버린 것으로 보인다) 그 내용은 지극히 격렬하였다. 사실 그때 나는 가장 참기 힘든 모욕을 당한 것으로 생각할 수밖에 없었다.

'역사의 수레바퀴를 뒤로 돌리는 가장 반동적인 봉건적 잔재의 최후 발악에 머리를 수그리고 굴복하는 것'이라고 나는 그 편지에 썼었다. 그리고 너희 엄마에게 '여태껏 가지고 있던 소부르주아적 근성을 그대로 발로한 일화견주의(日和見主義, 기회주의)—너희들이 살고 있을 새로운 시대에도 내가 가장 큰 영예를 느끼면서 사용한 이 문구는 없어지지 않을 것이다—에 사로잡힌 가장 악한 동물'이라고 하였다.

이렇게 펜으로 쓸 수 있는 갖은 욕설을 나열해 보낸 후 나는 가슴이 좀 시원해지는 것을 느꼈다. 동시에 어떻게 할 수 없는 마음의 공허와 걷잡을 수 없는 적막을 느꼈다.

나는 아름답게 흐르는 고향의 강물을 멍하니 바라보며 절교해야 할 이론적인 근거를 긁어모았다. 그리고 솜같이 피어오르는 적막한 정서를 압박하면서 한나절을 보냈다. 사실 의학적인 지식으로 보건대, 혈통 결혼이 좋지 않은 것은 분명하다. 하지만 성과 본이 같다는 것이(수효가 적은 성과 달리 우리의 성은 가장 흔히 볼 수 있었다) 어떻다는 것인가. 당연히 타파해야 할 봉건적인 잔재가 아니겠는가.

비상한 이해의 힘을 가져야 할 나의 사랑스러운 딸들이여!

하지만 우리는 우리의 원망을 결코 다른 사람들 탓으로 돌려서는 안 된다. 너희 외할아버지와 외할머니, 그리고 친조부모에 그 원한을 돌려보내서는 안 되는 것이다.

너희들이 이 이야기를 완전히 이해하기 위해서는 단순한 법률적 해석이나 풍속, 관습에 대한 연구만으로는 부족하다. 오직 과학적이고 정치적인 시각에 따라야만 이해가 가능하기 때문이다. 그래야만 이 사건의 책임을 정당하게 돌려보낼 수 있다.

어쨌든 이를 통해 엄마와 아빠가 완전히 절교하였다면 모든 것이 더욱 더 간단하게 되었을지도 모른다. 너희들도 아마 세상에 나오지 않았을 것이고, 엄마 역시 이른 나이에 죽지 않았을 것이다. 그러나 지금 너희들에게 이런 공허한 소리를 한들 무슨 소용이 있으랴.

엄마와 아빠의 절교는 일 년밖에 더 지속하지 않았다! 그러나 그 일 년은 우리에게 정서의 힘을 이지(理智)나 자존심 혹은 이성의 힘으로 억제하는 것이 얼마나 힘든지 충분히 알게 해주었다.

일 년 동안 엄마는 수없이 울었을 것이다. 또 쓸쓸해 한 적도 많았을 것이다. 하루 스물네 시간의 대부분을 냉정한 생각으로 보내기도 하였으리라. 아빠를 의심하기도 하고, 미워하기도 하고, 욕하기도 하고, 원망도 했으리라. 그러나 엄마의 심장은 실로 뜨거웠다. 이에 정당한 것과 정당하지 못한 것을 명확하게 분별할 수 있었다.

큰아이가 생긴 것도 이때였다. 이에 우리는 열 달 후 싫든 좋든 엄마 아빠가 되지 않으면 안 되었다. 새로운 생명의 불행은 이때부터 시작된 것이다.

우리는 그때 고작 스물한 살에 불과했다. ─ 엄마와 나는 암담하기 짝이 없었다. ─ 우리 두 사람의 생활조차 해결할 능력이 없는데 아이까지 태어나면 이를 어떻게 해결한단 말인가. 더욱이 아이가 있으면 모든 일에 지장이 생길 것은 당연한 일이었다.

이렇듯 몹쓸 아빠를 한없이 원망할 나의 사랑스러운 딸들이여!

다행스러운 건 생명을 저주할 권리는 우리 인간에게 부여되지 않았다는 것이다.

너희들은 엄마와 아빠를 무책임한 철부지라고 원망할지도 모른다. 나는 그 원망을 달게 받을 것이다. 우리로 인해 너희들이 뱃속에서부터 적지 않은 고통을 받았기 때문이다. 심지어 모든 것이 뜻대로 안 되자 배 속에 있는 너희들을 꾸짖은 적도 있다. 그러나 너희 엄마는 확실히 달랐다. 친정과의 최후의 결렬을 '반역의 여행(엄마는 친징과 충돌하고 고향으로부터 서울을 향해 올라가던 여행을 이렇게 불렀다. 그러나 이는 엄마와 아빠가 함께 한 최초의 여행이자 마지막 여행이 되고 말았다)'이라 명명한 엄마는 서울에 머물기로 하고, 그해 오월이 되기 전에 동대문 밖에 방을 얻은 후 비로소 아빠와 동거를 시작하게 되었다. 그러는 동안 큰아이는 엄마의 뱃속에서 점점 커갔다. 하지만 우리의 생활은 구차하기 그지없었다. 이에 둘이서 함께 산책조차 해본 일이 없다. 그러나 이때야말로 길지 않은 엄마의 삶에서 가장 아름다운 시절이었음이 틀림없다.

아, 나의 사랑스러운 딸들이여!

그러나 엄마와 아빠에게는 가정의 단란을 맛보는 것이 허락되지 않은 듯하다. 그렇게 시작된 생활이 채 몇 달도 못 가 단절되고 말았기 때문이다. 그때가 8월 12일이었다.

그해 시월(十月), 장차 몇 달 몇 해라고 한정할 수 없는 장구한 시일동안 아빠는 사랑하는 사람과 사바세계로부터 떨어져 서대문 밖에서 지내야 했다. 피의자로부터 피고가 되어 재판에 넘겨졌기 때문이다.

이때 있었던 모든 일에 대한 기록을 나는 생략하고 싶다. 나 없이 혼자 남은 엄마에 대해서도 여기서는 오직 너희들의 비상한 상상력에 맡기기로 한다. 다만, 생활비 들어올 곳이 막막했다는 것, 그리고 나이(엄마는 약제사였는데 나이가 어려서 면허증이 아직 나오지 않았다) 때문에 엄마가 아직 취직할 수 없었다는 것, 두 달 후면 큰 아이가 세상 밖으로 나온다는 것, 나아가 친정에도 시가에도 갈 형편이 안 된다는 것 — 이것만 간단히 추려서 생각해본다고 해도 그때 엄마의 상황이 어땠는지는 능히 짐작할 수 있으리라.

아, 나의 귀엽고 소중한 딸들이여!

오랜 시일 동안 감옥 안에 있으면서도 나는 눈물을 흘려본 적이 단 한 번도 없다. 만일 내가 그때 한숨과 눈물을 참으면서 아빠를 격려하던 엄마를 생각하며 눈물을 참지 못했다면, 너희들은 나의 사내답지 않음을 비웃을 것이다.

오, 귀여운 나의 어린 딸들이여!

엄마는 결국 혼자서 아이를 낳았다. 12월 21일! 이날 큰 아이가 비로소 첫울음을 터뜨린 것이다. 엄마가 내게 보낸 편지와 그때 엄마가 쓴 수기를 보면 그날 오후에 외할머니가 시골에서 올라오셨음을 알 수 있을 것이다.

내가 큰 아이의 출생을 안 것은 다음 해 정월이었다. 한 달 후에야 비로소 큰 아이가 우리와 함께 거친 인생의 길을 걸으려고 세상에 나왔다는 사실을 알게 된 것이다.

나는 편지를 받아들고 우선 안심했다. 사실 그때까지도 나는 대체 어찌 되었나 싶어 궁금하기 짝이 없었다.

"나와 어린아이는 모두 건강합니다. 아이는 당신을 똑 닮았소."

나를 똑 닮았다는 엄마의 글이 하도 우스워서 혼자 빙그레 웃었다. 이 웃음이 아마 새 생명을 향한 첫 웃음이었을 것이다.

아, 나의 사랑스러운 어린 딸들이여!

사실 큰 아이를 등에 업은 때부터 너희 엄마는 살아야 한나는 불길 같은 열정과 옥중에 있는 남편을 뒷바라지하기 위해 몸이 부서지도록 일하지 않으면 안 되었다. 생각건대, 가장 진실한 열정의 화신(化身)이었다고 해도 과언이 아닐 것이다.

나는 너희 엄마가 이때 얼마나 고통스러웠는지, 등에 업은 어린 것과 감옥에 있는 남편을 위해 얼마나 위대한 사랑을 가지고 행동을 하였는지 필설로 다 형용할 수 없다. 나아가 너희 엄마가 얼마나 굴할 줄 모르는 위대한 생활의 용사였는지에 대해 조금도 과장하고 싶지 않다. 그러나 내가 아무리 있는 그대로의 너희 엄마의 생활을 묘사한다고 해도 너희들은 내게 객관적이고 정당한 평가를 할 수 없다고 할 수도 있다. 이러한 모든 불순한 생각으로부터 지금은 없는 너희들의 엄마 그리고 나의 단 하나뿐인 아내의 위대했던 생활의 기록을 지키기 위해 나는 그것에 관한 일체의 서술을 강경한 이지(理智)의 소유자가 되어야 할 나의 어린 두 딸, 너희들의 조금도 편벽(偏僻, 생각 따위가 한쪽으로만 치우쳐 있음) 없는 상상력에 맡길 것이다.

　큰아이를 처음 보던 때의 일을 잊을 수 없다. 가을이 짙어가던 어느 날 정오였다. 엄중한 감시에도 불구하고, 미결감(未決監, 미결수를 가두어 두는 감방) 감방은 점심 먹은 그릇을 치우느라 벌집을 쑤신 듯이 웅성거렸다.

　나 역시 아홉 구(九)자가 박힌 주먹만 한 밥 덩어리에 부추김치를 놓아서 뱃속에 쓸어 넣고 나서 한 잔씩 돌아가는 더운물로 목을 축이고 마루 판장을 쓰는 동료의 꽁무니에 손수건을 찌르느라 날카로운 신경을 집중하고 있었다. 나는 간수의 눈과 마루 판장을 쓰는 동료의 눈초리를 피하면서 알지 못하게 손수건을 찌르느라 온갖 야릇한 자태를 다— 부리고 있었다. 바로 그때 내가 있는 감방의 번호와 나의 호수를 부르는 간수의 소리가 들려왔다. 그러자 나를 멍—하니 바라보면서 벙긋벙긋 웃고 있던 동료 하나가 나를 찌르며 웃었다. 그 바람에 나는 하마터면 방을 청소하고 있던 동료의 등에 엎어질 뻔했다.

　나를 부르는 간수는 면회담당이었다.

　"부인 손목이라도 한 번 쥐어보고 오~우."

　이런 농담이 끝나기도 전에 나는 방을 뛰어나가 복도로 가서 앞에 놓인 삿갓을 썼다. 가슴이 두근두근했다. 그러나 나는 늘 맑은 태양을 쪼이며 복도를 걸어나갈 때처럼 마음속으로 중등학교 시절 외었던 시 한 구를 웅얼거렸다.

　'이 땅이 아직도 아름답구나. 사람된 것 또한 둘 없는 기쁨이로세.'

나는 뜰을 건너 면회하는 방으로 들어갔다. 어두컴컴한 비둘기장 같은 네모난 방에서 어서 눈앞에 내려온 창문이 올라가기를 기다렸다. 그러더니 한참 후 대기실에서 너희 엄마를 부르는 소리가 났다. 나는 귀를 기울였다. 엄마의 대답 소리가 들리고 나서 한참 동안 간수와 대화를 나누는 소리가 들렸다. 엄마의 말소리는 똑똑히 들리지 않았으나 간수의 목소리는 하나도 빠짐없이 들을 수 있었다.

"글쎄, 예심판사는 인정상 그렇게 말했는지 알 수 없지만 법에 따라서 행동하는 우리는 14세 이하의 아동에게는 면회를 허가할 수 없습니다."

이에 엄마의 목소리가 한동안 잠잠해지더니, 이내 다시 목소리를 더 높여서 말하기 시작했다.

"글쎄, 이 갓난아이가 함께 들어간들 무슨 이야기를 할 것입니까? 면회랄 것도 없지 않아요? 그러니 잠깐만 비공식적으로…… 애가 이렇게 크도록 제 아빠를 보지도 못했단 말이에요."

그러나 간수는 여전히 강경했다.

"한 사람을 허락해주면 누구는 해주고, 누구는 안 해준다는 말이 나와요. 그러면 결국 규칙이 무너지고 말아요."

엄마는 더는 말하지 않았다. 그리고 안고 있던 아이를 누군가에게 맡기는 소리가 간간이 들리더니 사람들 틈에 끼어 면회하는 방으로 들어왔다.

면회는 매우 간단하게 끝났다. 면회를 자주 할 수 있었기 때문에 그리 긴 시간이 필요하지 않았다. 그러나 간수는 다른 사람들을 다—끝낸 후 맨 마지막으로 우리 방의 문을 닫았다.

"만일 그렇게 아이를 보여주고 싶거든 나가서 사람들이 다─가는 걸 기다리세요."

비공식적으로 아이와의 만남을 허락한 것이다.

그러자 엄마가 함박웃음을 지으며 연신 '고맙습니다'라고 하더구나.

내 가슴도 뛰었다. 벌써 열 달이 되었으니 아이가 얼마나 컸을까? 튼튼하게 생겼는가? 나를 똑 닮았더니 그것이 사실인가? 혹 '아빠!'하고 나에게 안기려고 하다가 교도관에게 제지나 받지 않을까? ─ 짧은 시간 동안 내 머릿속은 온갖 생각으로 꽉 찼다.

잠시 후 창문이 다시 올라갔다. 그리고 그 앞에 엄마 품에 안긴 아이가 나를 방긋 쳐다보고 있었다.

나는 아무 말도 없이 껑충껑충 뛰어오르는 아이의 재롱을 멍하니 바라보았다.

"네 아버지다. 안녕하세요─하고 악수해라!"

엄마는 아이의 손을 잡아서 내게 내밀었다. 나는 얼떨결에 그 손을 잡으려고 했다가 감옥의 규칙이 생각나 그대로 묵묵히 서 있었다. 그리고 한참 동안 아이의 재롱을 물끄러미 바라보았다.

"됐다, 이젠 가렴! 엄마 너무 힘들게 하면 안 된다!"

나는 아이에게 말하듯이 훈계를 했다. 그 순간, 나는 '내가 아빠가 되었다'는 사실을 처음으로 알게 되었다. 그러자 갑자기 몹시 늙은 것 같다는 생각이 들었다. 하지만 이내 어린 딸에게 처음 한 말이 하도 부자연스러워서 고소(苦笑, 쓴웃음)를 금치 못하였다. 이에 속으로 이렇게 중얼거렸다.

'아가, 어서 커라! 어서 커라!'

나의 사랑스러운 딸들이여!

이제 작은 아이가 이 세상에 나올 때의 이야기를 해야 할 순서에 도달했다.

작은 아이가 생긴 것은 아빠가 보석(保釋, 피고인을 구류에서 풀어주는 것)을 받아 세상에 나온 지 일 년이 훨씬 지난 올해 1월 초 여드렛날이었다.

내가 보석이 되어서 나온 것은 큰 아이의 첫 돌을 이틀 앞둔 12월 19일로 부슬비가 내리던 초겨울 밤이었다. 그때 너희 엄마는 어떤 약국에서 일을 보고 있었다. 남편과 아이와 생활을 위한 불같은 열성에 엄마와 반목했던 사람들이 다시 그 주위에 돌아오고 있던 때이기도 했다. 그래서 큰 아이의 첫 돌 잡는 것을 볼 겸 사위의 보석 출옥을 맞으려고 상경하셨던 너희 외할머니가 비를 맞으며 엄마와 많은 친구와 함께 감옥 문을 나서는 나를 맞아주었다.

작은 아이의 출산은 갑작스러웠다.

엄마의 앓는 소리는 먼─곳에서 들렸다가 끊어진 후 다시 들려오곤 했다. 그것이 갑자기 귀밑에서 '아이고 배야─'하고 외치는 소리로 들렸을 때 나는 비로소 잠에서 깨어 벌떡 일어나 앉았다.

나는 진통을 참느라고 배를 쥔 채 몸을 떨고 있는 엄마를 보며 전신에 소름이 끼치듯이 정신이 번쩍 들었다.

"몇 시간이나 됐어?"

"네 시부터―"

엄마는 겨우 대답을 하고 다시 아픔이 몰려오는지 "아이고―"를 연발했다.

시계를 보았다. 여섯 시였다. 두 시간 동안 옆에서 앓는 것도 모른 채 잤던 것이다. 나는 될수록 침착해지려고 했다. 같이 있던 중년 부인이 부엌에 불을 때며 분주히 오갔다.

"이제 산파한테 갈까?"

나는 허리끈을 매고 외투를 입으면서 엄마를 향해 물었다. 목소리가 살짝 떨리고 있었다.

"아직 몇 시간이나 더 있어야 할 텐데―"

그리고는 다시 "아이고―"를 연발했다.

엄마는 큰 아이를 8, 9시간 진통 후에 낳았다고 했다. 그러니 내가 보기에는 진통이 잦은데도 불구하고, 본인은 너무 일찍 산파를 불러 폐를 끼칠 필요가 없다고 생각하는 모양이었다. 더욱이 아이를 내어주겠다고 한 산파는 엄마의 여학교 시절 동창으로 평소 가깝게 지내던 사이었다. 이에 보수도 변변히 안 받으려고 하는 모양이었다. 그러니 너무 일찍 부르기가 더욱 미안했으리라.

나는 잠시 물끄러미 보고 서 있다가 진통이 몰려오는 시간이 점점 잦아지는 것을 보고는 그대로 있을 수 없었다. 아무것도 모르는 내 눈에도 시기가 급박했음을 느낄 수 있었기 때문이다.

나는 밖으로 뛰어나갔다. 밖은 훤—하니 날이 밝아서 거리의 전등이 오히려 빛을 잃고 있었다. 매서운 새벽바람이 거리를 스치며 얼굴에 와서 부딪혔다. 나는 호주머니에서 마스크를 꺼내어 입을 막고 산파의 집을 향해 달음질을 쳤다. 흙먼지 섞인 바람이 다리며, 외투, 얼굴 할 것 없이 와서 부딪쳤다. 그로 인해 몇 번이나 걸음을 늦춰야 했다. 네거리에서 왼편으로 꺾어 돌아 돌상 앞을 향해 나는 아직도 달리고 있었다. 몸이 후끈후끈한 것이 땀이 쭉—나와서 셔츠는 이미 푹 젖어 있었다. 마스크 속에 넣은 가—제 역시 물에 적신 듯했고, 두 눈에는 어느덧 서리가 맺혀 있었다.

산파의 집이 가까워지자 나는 숨을 태우기 위해 달리기를 멈췄다. 그러나 뛰는 데 열중하느라고 잊어버렸던 아내의 진통하는 모습이 다시 머리를 스치자 두 다리의 근육이 다시 벌떡 일어났다. 이에 다시 줄달음질을 쳤다.

이윽고 산파의 집 대문을 두드릴 때는 이미 온몸이 땀에 젖어 있었다. 더욱이 목소리조차 나오지 않을 정도로 숨이 하늘에 닿아 있었다.

"누구세요?"

"서문 거리에서 왔는데, 아내가 곧 아이를 낳을 것 같아요!"

동리를 뒤집을 듯한 큰 소리를 자아내어 몽둥이 같은 말을 대문 틈으로 내던졌다. 그러자 한참 후 대문이 열리고 잠옷 위에 망토를 걸친 산파가 나왔다.

"아픈지 몇 시간이나 됐어요?"

"글쎄, 네 시부터 진통이 시작되었다고 하니, 한두 시간 된 것 같아요."

"그럼 아직 좀 더 있어야 할 것 같네요."

"제가 보기에는 급한 것 같던데……"

"그럼 곧 갈 테니, 먼저 가세요."

나는 뛰어온 길을 다시 돌아갔다. 올 때처럼 뛰지는 않지만 발은 빨리 옮겨놓았다. 엄마의 괴로워하던 모양이 몇 번씩이나 눈앞에 나타났기 때문이다. 순산이나 하려나? 오늘 종일 앓기나 하면 어쩌나? 이번에도 또 딸을 낳으려나? 혹은 번갈아 아들을 낳으려나? 이제 나도 두 아이의 아빠가 되는구나. ─ 나는 순서 없는 생각에 잠겨 아침거리를 걷고 있었다. 머릿속은 공상에 빠져 있었다. 그러나 다리는 처음의 속도로 조금도 느리지 않고 집으로 걸어갔다. 눈앞에 집을 보고 나서야 비로소 정신이 돌아왔다. 그리고 괴로워하던 산모의 얼굴을 생각하면서 집으로 뛰어들어갔다.

"어떻게 되었어요?"

"벌써 낳았어요."

나는 가슴이 뭉클해졌다.

"뭐, 벌써 낳았어요?"

"네, 그런데 태를 못 낳았어요. 그러니 어서 산파를 오라고 하세요."

나는 아무 생각도 들지 않았다. 산파가 오려면 아직도 한 시간은 더 기다려야 할 것이다. 그렇다면 다시 거기까지 다녀와야 할까. 긴장되는지 온몸의 신경이 곤두섰다.

산파를 앞세우고 와서 방 안에 들여보낸 후 문밖에서 기다리고 있는 순간은 공포가 온몸을 감싸고 돌았다.

"이제 괜찮으니 안심하세요."

산파의 말이 떨어진 다음에야 굳었던 몸이 다소 풀리는 듯했다.

손수건으로 얼굴 가득 번진 땀과 눈에 어린 서리를 씻고 외투를 벗어서 의자 위에 걸쳐 놓았다. 간—숨이 후—하고 목구멍으로 나왔다. 가만히 방 안의 동태를 살피노라니, 갑자기 아이가 아들인지, 딸인지 궁금했다. 그러나 아픈 산모를 두고 그런 것을 먼저 묻는 것은 도리가 아닐 것 같아서 몇 번이나 주서해야 했다.

그러다가 웃는 말 비슷하게,

"뭘 낳았소?"

하고 물으며 웃음으로 흐리었다.

"예쁜 딸이에요."

대답한 이는 너희 엄마였다.

아, 나의 사랑스러운 딸들이여!

지금까지 나는 빈약하고 치열한 표현으로나마 너희들이 이 세상에 나오던 때의 이야기를 엄마를 대신해서 여기에 기록하였다. 만일 엄마가 죽지 않았다면 엄마의 입을 통해서 훨씬 더 재미있게 들을 수 있었을 텐데…….

그러나 나의 불행한 어린 것들이여!

만일 내가 이것을 기록으로 남겨두지 않으면 누가 있어 그 이야기를 너희들에게 해줄 것이냐. 생각건대, 누구를 통해서도 그 얘기를 들을 수 없어 쓸쓸한 고독 속에 너희들은 남아 있으리라. 이에 나는 반드시 기록하여야 할 나머지 한 구절에 대해서도 피할 수 없는 무거운 책임을 느낀다. 그것은 둘째 아이가 태어난 지 불과 아흐레 뒤의 일이다.

아, 나의 사랑스러운 딸들이여!

엄마의 죽음에 너희들은 나를 한없이 원망할 수도 있다. 하지만 두 가지 사실만 기억해줬으면 한다. 엄마의 죽음을 기록하는 것은 내게 있어 그 일을 두 번 당하는 이상의 막심한 고통을 수반한다는 것과 도저히 그것을 냉정하게 기록할 수 없다는 것이다. 그 일을 겪은 지 얼마 되지 않은 까닭에 그 일이 아직도 눈에 선하기 때문이다.

고통을 다시 맛보는 것 ― 나는 이것을 결코 회피하려고 하는 것은 아니다. 그 날 새벽의 정경(情景, 사람이 처해 있는 형편)이 눈앞에 떠오를 때면 나는 정신을 잃을 만큼 심장이 요동치는 것을 느낀다. 벌써 몇십 번이나 그것을 경험했다. 이 글을 쓰면서도 그것이 주는 극심한 고통으로 인해 몇 번씩이나 펜을 놓아야 했다. 그러니 엄마의 심장이 영원히 멈춰버린 날 아침에 대한 기록을 다시금 꺼내는 것은 내게 더는 이 글을 쓰지 말라고 하는 것과도 같다.

그렇다. 그것은 내게 있어 매우 힘든 일이다. 비록 너희들로부터 원망의 소리를 듣게 되더라도 지금은 그것을 피하고 싶다. 하지만 언젠가 내 머리가 다시 건전해지고, 기억력이 다시금 전과 같이 회복되면 너희들에게 그때의 기억을 반드시 전할 것이다.

중요한 것은 엄마의 죽음을 눈앞에서 지켜보면서도 아빠는 아무것도

낭독의
즐거움

할 수 없었다는 것이다. 그때처럼 내가 무능력함을 절실하게 깨달았던 때도 없다.

엄마가 죽기 한 시간 전까지만 해도 나는 엄마가 충분히 다시 일어설 것이라고 믿었다. 엄마는 강한 사람이었으니까. 그 때문에 오늘의 이런 불행이 우리에게 오리라고는 꿈에도 생각하지 못했다.

나는 그 후 내가 얼마나 어리석고 미련한지 비로소 알게 되었다. 이에 나 자신을 스스로 비웃었다. 너희들에게서 엄마라는 존재를 지워버린 일, 엄마를 사랑하는 사람들로부터 그 존재를 없애버린 일, 그 모든 원인은 바로 나다. 이에 너희들과 그 사람들을 대할 때마다 가슴 찢어지는 고통을 맛보곤 한다. 특히 엄마 얼굴조차 모르는 작은 아이의 얼굴은 차마 쳐다볼 수조차 없다. 심지어 그 아이는 엄마 품에도 안겨보지 못했다.

엄마의 죽음을 앞두고 작은 아이는 친척 집으로 거처를 옮겼다. 그 결과, 엄마와 영원히 이별하고 말았다. 엄마의 부음을 듣고 큰 아이와 함께 올라오신 너희 외할머니가 엄마의 죽은 얼굴이나마 작은 아이에게 보여주기를 원했지만 나는 그것을 강경하게 반대했다.

물론 아이가 엄마의 얼굴을 본다고 해서 그것이 누구인지 또한 살았는지 죽었는지 알 수는 없을 것이다. 하지만 그때 아빠의 마음으로서는 모녀를 그렇게 만나게 하고 싶지 않았다. 더욱이 아무것도 모르는 아이에게 엄마의 처참한 얼굴과 죽음을 알리고 싶지 않았다. 아무것도 알지 못하는 때의 일이라도 강렬한 인상을 받았던 일은 죽는 날까지 뚜렷하게 기억될 수 있기 때문이다. 엄마의 주검이 강렬하게 남아 생장하는 너희들을 괴롭힐 것을 나는 두려워하였다. 그런 잔약한 마음으로 나는 너희들에게 엄마를 영원히 가리고 만 것이다.

그렇게 해서 엄마는 세상을 떠난 지 사흘 만에 차가운 땅속에 묻히고 말았다. 수많은 유신론자의 무덤 행렬 속에 철저했던 유물론자의 무덤은 참렬(慘烈), 차마 볼 수 없을 만큼 비참하고 끔찍한)함 그 자체였다.

엄마는 지금 기차의 기적 소리를 들으며, 멀리 용악산(龍岳山) 아래서 불어오는 찬바람이 솔잎 속을 지나가는 와─ 와─ 소리에 안겨 꽁꽁 언 땅속에 홀로 누워있을 것이다.

외할머니는 큰 아이를 데리고 그날로 돌아가셨다. 작은 아이는 아빠의 고향으로 보내기로 결정되어 엄마의 장례식을 치른 다음 날 아침 솜옷에 파묻혀서 자동차를 탔다. 그날은 평양에서도 드물게 보는 찬바람이 하늘을 울리는 날이었다. 불과 두세 시간의 여행이었지만 핏덩어리 같은 어린 것이 젖 한 모금 먹지 못한 채 추운 차 안에서 시달릴 것을 생각하니 내 마음은 한없이 서글퍼졌다.

그동안 나는 모든 것을 정리하느라 일주일 동안 평양에 남았고, 고향으로 돌아왔을 때 아이는 십 년 동안 병중에서 신음하던 친할머니의 품에 안겨서 새근새근 잠들어 있었다. 입에는 엄마의 젖이 아닌 고무 젖꼭지를 꼭 문 채.

아, 생각할수록 가엾은 어린 딸이여! 너는 그 둘 중 그 무엇도 갖지 못했구나!

윗방에서 책을 읽다가 혹은 무엇을 생각하다가 갑자기 네가 우는 소리를 듣고 나도 모르게 벌떡 일어난 적이 한두 번이 아니다. 그러나 미닫이를 열려고 내밀었던 손이 갑자기 힘을 잃고 두 발이 장판 위에서 못으로 박기나 한 듯 꿈쩍도 하지 않을 때, 이 아빠의 가슴은 예리한 칼로 에워내기라도 한 듯 아프기 그지없었다.

아, 무엇이 어린 너를 그토록 울게 하였느냐? 무엇이 어린 너로부터 엄마의 젖을 빼앗고 품을 빼앗아 갔느냐?

어떤 때는 네가 누워있는 아랫목에 가서 물끄러미 네 얼굴을 들여다보기도 했다. 그때마다 너는 무엇을 찾는 듯이 동그란 두 눈을 이리저리 굴리며 없는 무엇을 구하기라도 하듯 혀끝을 내어 두르곤 했다. 그러면 나는 고무 젖꼭지를 물에 씻어 다시 너의 입에 물리곤 했다. 그러면 너는 그것이 마치 엄마의 젖이라도 되는 듯 쪽쪽 소리를 내며 빨았다. 이를 지켜보는 내 가슴에는 눈물이 어리었고, 더는 지켜볼 수 없음에 자리를 피하고 말았다. 이에 쓰린 가슴을 안고 윗방으로 올라온 나는 치밀어 오르는 눈물을 머금고 창문을 멀거니 바라보곤 했다. 나는 어리석은 줄 알면서도,

"인생은 너무도 적막하구나."

라며 새삼스러운 느낌을 느끼는 것이었다.

고향에서 일주일을 지낸 후 나는 큰 아이를 볼 겸 또 너희 외할머니와 외할아버지를 위로도 할 겸 해서 외가를 찾았다. 큰 아이는 외할머니의 등에 업혀 나를 맞아주었다.

"네 아버지다! 인사해라, 응?"

외할머니는 슬픔을 억제하면서 네 얼굴을 나를 향해 돌렸다. 그러자 큰 아이는 낯은 익는데 도무지 누군지 모르겠다는 표정으로 한참 동안 나를 쳐다보더니, 아무 말도 없이 외할머니가 시키는 대로 고개만 끄덕였다.

나는 무슨 말을 할 수가 없어 네 옆을 지나 그대로 집 안으로 들어가고 말았다.

날씨가 따뜻한 날이면 너는 마루에 나가 뱅글뱅글 돌면서 혼자서 노래를 곧잘 부르곤 했다. 겨우 쉬운 말이나 할 줄 알기에 가사는 물론 곡조 역시 제 마음대로였다. 다리 부러진 인형을 등에 업고는 착착 두들기면서 자장자장 할 때도 있었다. 그럴 때 누가 방해라도 하면 너는 눈살을 찌푸리며 달려들었다.

유리창 밖으로 네가 노는 모습을 물끄러미 바라보고 있으면 네 외할머니는 이렇게 말씀하시곤 했다.

"아마 음악가가 되려는 게야."

그래서일까. 너는 라디오 같은 데서 음악 소리가 나오면 그 밑에 가서 귀를 기울이곤 했다. 또 경쾌한 재즈곡을 들을 때면 두 어깨를 들썩거리며 춤을 추다가, 우리가 보면 웃으면서 뛰어와 안기곤 했다.

나는 네 머리를 안고서,

"음악 좋아하니?"라고 물었다. 하지만 넌 '음악'이 무엇인지도 모르는 눈치였다. 이에 "응? 응?"하고 두어 번 묻는 바람에 오히려 내가 쩔쩔매야 했다.

"네 엄마는 수학을 못할까 봐 늘 걱정했다."

나는 너를 무릎 위에 앉히고 머리카락을 만져주며 말했다.

"쟤가 수학을 왜 못해?"

외할머니가 그 말에 반문하듯 물으셨다.

"엄마아빠가 모두—수학을 안 했답니다."

"아, 그래서 따님도 예술에 취미를 갖는 모양이군."

하곤 우리를 웃기셨다.

가끔 너는 아침에 일찍 일어나서 내 방문을 가만히 열곤 나를 살며시 올려다보곤 했다. 그럴 때마다 나는 이리 오라며 네게 손짓을 했지. 그러면 너는 문을 닫고 가버리거나 살금살금 걸어와 내 머리맡에 앉았지. 이에 내가 이불을 들치고 안으로 들어오라고 하면, 너는 머리를 살랑살랑 흔들면서,

"싫어—"라고 말했다.

그러고는 머리맡에 있는 책을 뒤적거리다 뭐라도 아는 것처럼 병아리 같은 목소리로 책을 읽거나 책 사이에 끼어 있는 엄마의 사진을 물끄러미 바라보았다. 그럴 때마다 내 마음은 한없이 슬퍼졌다. 조그만 아이가 아무 말도 없이 주둥이를 쑥 내민 채 죽은 엄마의 사진을 보고 있는 모습을 보며, 슬퍼하지 않을 사람이 누가 있겠느냐. 어느 누가 눈물을 흘리지 않으리. 그래서 나는 마치 네가 못 볼 것이라도 본 것처럼 네 손에서 엄마의 사진을 얼른 빼앗곤 했다. 그러면 너는 울지도, 웃지도 않은 채 표정 하나 깨뜨리지 않고 뭐라도 생각하는 듯이 한쪽 벽을 보고 그대로 앉아 있

곤 했다.

오! 적막하고 가엾은 나의 어린 딸이여!

차라리 그 표정 대신 뜨거운 눈물을 보이려무나.

불행한 나의 어린 딸들아!

적막하고 가엾은 나의 어린 딸들아!

너희들이 기뻐서 웃을 때도, 기분이 좋아서 재롱을 피울 때도, 또한 슬퍼서 울 때도, 쓸쓸해 할 때도 이 아빠의 마음은 쓰라리기 그지없다. 마치 칼로 가슴을 베어낸 듯 내 마음은 아픈 것이다. 어느 누가 너희들에게 잃어버린 엄마를 돌려보내 줄 수 있을 것이냐? 어느 누가 이 불행과 적막으로부터 너희들을 구해줄 것이냐? 외할머니일 것이냐? 혹은 친할아버지일 것이냐? 혹은 이 글을 쓰고 있는 너희들의 단 하나뿐인 아빠인 나일 것이냐? 이 불행으로부터 너희들을 건져낼 수 있는 사람은 오직 너희 자신뿐이다.

인생의 적막은 반드시 죽음으로만 오는 것은 아니다. 죽음이 무엇보다도 큰 적막임은 틀림없다. 하지만 인생이라는 큰 적막에 비하면 극히 적은 것에 지나지 않는다. 이 사실을 비로소 알게 되었을 때 너희는 적막과 불행으로부터 빠져나올 수 있으리라. 그리고 지금 내가 하는 말의 뜻도 알게 될 것이다.

우리 앞에 닥쳐오는 적막을 회피해서는 안 된다. 그 술잔이 반드시 마셔야 할 술잔이라면 조금도 두려움 없이 그것을 마셔버려야 한다. 그리고 적막의 껍질이 아닌 그 진실한 속을 맛봐야 한다. 그래야만 더는 적막

속에서 헤매서는 안 된다는 사실을 깨닫게 될 것이다.

삶을 진실하게 바라봤을 때 인생의 길 역시 명확해진다. 그런 삶을 살아야 한다. 그러는 동안 죽은 엄마 역시 너희들 속에서 다시 깨어날 것이며, 그때쯤이면 죽었을지, 폐물이 되어 있을지 혹은 무용지물이 되어 있을지도 모를 나 역시 너희들 속에 훌륭하게 살아 있을 것이다.

아, 사랑하는 나의 딸들이여!

지금은 아무것도 알지 못하는 나의 어린 딸들이여!

아빠는 너희들을 너부도 사랑한다. 엄마 역시 너희들을 한없이 사랑했다. 하지만 우리들의 사랑은 너희들을 결코 우리 가정 안에다 잡아두는 편벽된 사랑은 아니었다.

우리들의 사랑에 대한 너희들의 보수는 장차 너희들이 살아갈 사회적 환경에 따라서 결정될 것이다. 따라서 무엇이 엄마 아빠에 대한 진실한 효도인지는 그때 가서 더욱 명백해질 것이다.

너희는 우리의 사랑에 결코 희생되어서는 안 된다. 이는 잘못된 것이기 때문이다. 하지만 나는 엄마의 나에 대한 사랑을 엄마의 희생으로 돌리고 말았다.

아, 이 일을 어떻게 할 것인가? 남녀의 동권을 이론적으로 주장하던 나는 완강한 마음을 버리지 못해 너희 엄마에게 난폭한 언행을 취하고 말았다. 그래서일까. 그 후 나는 한없이 적막했다. 그것조차 해결하지 못했던 내가 과연 무슨 큰일을 할 수 있겠느냐. 그러고 보면 나는 엄마가 내게 준 사랑과 힘을 전혀 이용하지 못할 만큼 어리석고 무능력한 인간이었다.

엄마의 죽음으로 인해 나는 다시금 막막한 인생의 광활한 무대 위에서 너희들의 손을 이끌고 나서지 않으면 안 된다.

그래, 너희들은 나와 함께 걸어 나가야 한다. 용감하게 전진하자꾸나. 앞이 전혀 보이지 않을 때는 함께 길을 찾고, 너희들이 길을 헤맬 때는 내가 너희들을 팔을 잡아 이끌 테니, 조금도 머뭇거림 없이 용감하게 걸어 나가자.

그러나 나의 불쌍하고 어린 딸들이여!

만일 이 무능력한 아빠가 너희들의 전진에 둘도 없는 장애가 된다면 과감하게 나의 손을 뿌리치고 달아나라. 그러다가 만일 내가 다시 기운을 내어 쫓아오거든 너희들의 대오 속에 나를 넣어주려무나. 하지만 나를 생각하는 마음에 결코 걸음을 멈추거나 뒤돌아봐서는 안 된다. 나는 장애물일 뿐이니, 나를 떨치고 과감하게 전진해야 한다.

시인 임화와 함께 카프의 주역으로 활동했던 김남천은 현장성 강한 운동으로 제1차 카프 검거 때인 1931년 8월 2년의 실형을 선고받는다. 이후 1933년 병보석으로 풀려났지만, 아내가 두 딸을 남겨둔 채 스물넷이라는 어린 나이에 죽고 만다.

이 글은 엄마의 죽음조차 모르는 어린 두 딸이 엄마의 사랑을 잊지 않고 기억해줬으면 하는 바람에서 편지 형식으로 쓴 것이다. 하지만 이것이 문제를 일으킬 줄이야. "아내의 죽음을 감상적으로 이용한다"며 작가들 사이에 적지 않은 논란이 일어난 것이다. 이에 어떤 이는 그를 가리켜 "체면도 아무것도 모르는 철딱서니 없는 애처가"라며 "아내를 잃더니 사람이 버렸다"고 말하기도 했다. 심지어 욕설을 내뱉거나 "아내의 묘참(墓參, 성묘)인가?" 혹은 "나도 그런 효자 하나 됐으면 한다"며 경멸스런 표정을 짓는 이들도 있었다. 이에 대해 그는 다음과 같이 말했다.

"단 한 번이라도 자신의 아이에게 어미가 없으며, 자신의 아내가 아이를 낳고 열흘도 못 되어 세상을 떠났다면 어떠했을까? 라는 생각을 해봤을까. 만일 한 번이라도 그런 생각을 해봤다면 아이의 재롱이 지금과 같은 즐거움을 주지는 못할 것이다. 하지만 내게 어미 없는 두 딸이 있다는 것이 다른 사람들에게 무슨 상관이랴. 어린 두 아이에게 어미가 없다는 것 역시 흔하고 으레 있는 일이 아니던가. 그러니 나와 어린 딸들의 슬픔을 모를 수밖에."

보기에는 우스운 일도 직접 당하고 나면 큰 슬픔이 된다. 마찬가지로 흔하고 으레 있을 법한 일 역시 실제로 당하면 우울하고 슬프기 그지없다.

사실 우리에게 '김남천'이란 이름은 낯섦 그 자체다. 소설가 · 평론가로 활동했던 그는 월북 작가라는 이유로 그 이름조차 언급되지 못했다. 꼭 필요한 경우에는 이름 한 글자를 지우고 언급해야 했을 정도다. 그러다가 1987년 6월 항쟁 이후 이름을 되찾고 전집이 출간되는 등 재조명되고 있다. 대표작으로 장편《대하》, 중편《맥》,《경영》등이 있다.

아내는 왜 그리도
나를 끔찍하게 여겼을까

아내가 나를 사랑했던 것의 10분지 1도 갚아주지 못했음이 부끄럽다. 아내는 왜 그리도 나를 끔찍하게 여겼을까. 오매간에 한시라도 내 건강을 걱정해주고, 나를 기쁘게 해주려고 노력하지 않은 시간이 없었다. 무슨 술기에라도 걸린 것처럼 일률적이고, 헌신적이었으며, 희생적이었다.

사랑의 판도는 대체 얼마나 넓어야 하는지 마치 독재자가 세계지도를 잠식해 들어가면서 몰릴 줄 모르듯이 사람 역시 애욕의 포화(飽和, 더 이상의 양을 수용할 수 없이 가득 참)를 모르고 마는 것이 아닐까.

수평 뜰 안의 단란(團欒, 즐겁고 화목함)을 알뜰히 지키는지만, 세상일에 대해서는 무지한 사내가 있다. 나는 그런 사내를 존경하고 부러워한다. 그들 부부 사이에 참으로 짙은 사랑이 흐를 때 그 좁은 영토의 권내(圈內, 구역)처럼 행복스런 곳이 또 어디 있으랴. 그러나 세상에는 참다운 사랑이라고 할 만한 경우가 드문 것이 사실이요, 사람들 역시 사랑이 아닌 것을 사랑이라고 착각하는 경우가 많다.

사람이 평생에 꼭 한 사람만을 사랑해야 하는 것이 옳은지 어쩐지는 각각 나라와 경전, 습속을 따라 다를 것이외다. 하지만 육체적으로나 정신적으로 사람처럼 커다란 자유를 갈망하는 것도 없다. 그러니 양팔에 사랑을 안고 다시 한눈을 팔게 된다고 해도 막을 수 없는 노릇이다. 태곳적에 갈라진 각 개체의 분신들은 현대에 이르러 그 수가 무한히 늘어난 까닭에 혼돈 속에서 착각에 빠지고 만 것이다. 이는 단원체(單元體)를 이원(二元)으로 갈라놓은 제우스의 실수였다.

지난날 사랑의 행장을 차례차례 더듬어 볼 때, 나는 참회의 의식 없이는 그것을 도저히 생각할 수가 없다. 첫째, 나 자신에 대한 참회요, 둘째, 먼저 가버린 아내에게 대한 참회나. 유독 아내에게만은 허물이 컸음을 얼마나 뉘우치면 다 뉘우칠 수 있을까. 아내를 사랑하지 않았던 것은 아니다. 그러나 아내가 나를 사랑했던 것의 10분지 1도 갚아주지 못했음이 부끄럽다.

아내는 왜 그리도 나를 끔찍하게 여겼을까. 오매지간(悟寐之間, 깨어 있을 때나 자고 있을 때, 즉 언제나)에 한시라도 내 건강을 걱정해주고, 나를 기쁘게 해주려고 노력하지 않은 시간이 없었다. 무슨 술기에라도 걸린 것처럼 일률적이고, 헌신적이었으며, 희생적이었다. 나는 그 행복을 때로는 도리어 휘답답하게 여기면서 그의 놀라운 심조(心操, 마음의 지조)를 속으로 두렵게 여기고 공경했다. 그러면서도 한편으로는 마음의 주락(酒落, 세련됨)한 자유를 구해 마지않았다. 욕심 많고 믿음직하지 못한 남편이었던 것이다. 하늘에 부끄럽고, 땅에 부끄럽다.

사랑에 관한 한 나는 두꺼운 참회록을 써야 할 것이다. 그러나 그것을 할 수 있을지 없을지는 의문이다. 한 구절도 빼지 않고 진실을 말하기가 어렵기 때문이다. 또한 누구나 할 수 있을 만큼 그리 쉬운 것도 아니다. 루소에게도 그것은 어려웠다고 하니까.

나는 그것을 모두 사랑이라고는 생각하지 않는다. 사랑인 경우도 있었고, 사랑이 아닌 경우도 있었다. 예를 들면, 돈황의 경우는 사랑이 아니라 방황이었다. 단테와 베아트리체, 로미오와 줄리엣 — 그런 경우만이 참으로 사랑이다. 그렇다. 다섯 손가락을 꼽아도 남는 경우 — 그것 모두가 반드시 사랑은 아니다. 그렇기 때문에 뉘우침이 있는 것이리라.

아내는 생전에 가끔 내게 이렇게 묻곤 했다.

"당신이 생각하는 이상(理想, 생각할 수 있는 범위 안에서 가장 완전하다고 여겨지는 것)적인 여자란 대체 어떤 여자예요?"

하지만 나는 아내에게서 내 이상의 대부분 구현(具現, 어떤 내용이 구체적인 사실로 나타나게 함)을 보고 있었다. 육체적으로나, 지적으로나 아내에게 필적할 만한 여자는 그리 쉽게 눈에 띄지 않았기 때문이다. 이것은 나의 마음의 자랑거리 중 하나였다. 그러나 사랑에 부질없이 이상만을 찾는 것도 여학교 졸업생의 설문 답안 같아서 신선미 없는 노릇이다. 나는 아내에게서 충분히 내 이상을 가지면서도 그에게 말하지 못한 가지가지의 비밀을 가지고 있었다. 그 비밀을 결국 모른 채 아내는 갔다. 생각할수록 뼈가 아프다.

"착한 사람은 일찍 가는 법이에요."

마지막 무렵, 아내는 모든 것을 예상했던지 병실 침대에서 여러 차례 이 말을 되풀이했다. 참으로 착했던 까닭에, 너무도 단순했던 까닭에 일찍 갔는지도 모른다. 반대로 악한 까닭에 나는 남은 것이다. — 이렇게 생각하는 것이 지금 내게는 가장 마음 편한 노릇이다.

그러나 이만한 정도의 참회로야 아내의 영(靈)을 도저히 위로할 수는 없다. 언제면 충분한 고백의 날이 올는지, 그날을 기다리는 수밖에는 없는 걸일까.

산과 바다와 화초를 사랑하고, 행복한 로맨스를 꿈꿨으며, 스키와 재즈, 원두커피를 탐미했던 작가 이효석. 그의 문학의 특징은 인간의 원초적인 애욕을 서정적으로 승화시킨다는 것이다. 이를 통해 인간의 본질을 탐구한다. 그의 대표작 〈메밀꽃 필 무렵〉 역시 마찬가지다. '한국 근대문학을 한 차원 끌어올린 최고의 수작'이라는 평가를 받는 〈메밀꽃 필 무렵〉의 원제목은 〈모밀꽃 필 무렵〉으로 우리 문학사 최고의 서정주의 소설로 평가받고 있다. 이에 소설가 김동리는 그에게 '소설을 배반한 소설가'라는 별명을 붙이기도 했다. 그만큼 그 작품이 그에게 부여한 의미는 컸다. 하지만 빼어난 능력과 작품에도 불구하고, 작가로서의 그의 삶은 오래 이어지지 못했다. 1940년 부인 이경원과 차남을 잃은 후 실의에 빠진 나머지 건강을 해친 끝에 작품 활동을 활발하게 하지 못하다가 1942년 5월 25일 뇌척수막염으로 세상을 떠났기 때문이다.

그는 생전에 "세상에서 가장 아끼고 사랑하는 것은 나날의 생활과 예술"이라고 했다. 또한 "인간 중 시인이 가장 가치 있는 인간이라고 생각한다"는 말을 자주 했다. 만일 죽어서 다시 태어난다면 다시 현재의 자신으로 태어나고 싶다던 이효석. 기실 그는 문학과 예술이 삶의 전부였을 만큼 그것을 사랑한 사람이었다.

카페의 밤은 부슬비 뿌리는
그믐밤과도 같았습니다

남자들은 날이 저물기를 기다려, 소녀가 어서 나타나기만을 바랐습니다. 그리고 마침내 이리저리 떠돌아다니는 소녀의 뒤를 좇아 밤을 새워가며 이 카페 저 카페를 다니는 카페 순례자들의 무리까지 생기게 되었습니다. 그들은 소녀의 정체를 밝히기 위해 별별 수단을 다 써보았지만 누구도 그 비밀을 풀지 못했습니다.

산뜻한 옷을 예쁘게 차려입은 파리의 젊은이들은 가벼운 발길로 초여름 밤거리를 이리저리 돌아다니는 것이 유일한 즐거움이었습니다. 어느 카페를 가나 푸른 연기, 붉은 등불 아래서는 청춘 남녀의 웃음소리가 제철이라도 만난 듯 요란스럽게 흘러나왔습니다. 가볍게 속삭이는 정화(情話, 정답게 주고받는 이야기), 외로움을 하소연하는 남자들의 휘파람 소리, 맥주잔이 서로 마주칠 때마다 일어나는 아찔아찔하고도 기분 좋은 음향……. 웃음과 말소리가 꽉 차 있는 그 카페에는 매일 밤 한 젊은 가희(歌姬, 여가수)가 찾아왔습니다. 소녀의 이국적인 용모 역시 확실히 매력적이었지만 아름다운 노래야말로 깊어가는 밤과 함께 청춘의 피를 타오르게 했습니다.

'대체 어디 사는 여자일까?'

소녀의 노래를 들은 사람치고 이런 의문을 품지 않은 사람은 없었습니다. 남자들은 날이 저물기를 기다려, 소녀가 어서 나타나기만을 바랐습니다. 그리고 마침내 이리저리 떠돌아다니는 소녀의 뒤를 쫓아 밤을 새워가며 이 카페 저 카페를 옮겨 다니는 카페 순례자들의 무리까지 생기게 되었습니다. 그들은 소녀의 정체를 밝히기 위해 별별 수단을 다 써보았지만 누구도 그 비밀을 풀지 못했습니다.

"나요? 베니스(베네치아)에서 왔어요. 뱃사공의 딸이고요. 이름이요? 성이요? 그런 건 없어요."

소녀는 언제나 쾌활한 음성으로 이렇게 대답했습니다.

이탈리아 소녀! 뱃사공의 딸!

이 말을 들은 사람들은 으레 잔잔한 강상(江上, 강물 위)이나 로맨틱한 곤돌라(Gondola, 이탈리아 베네치아 시내에 있는 운하를 운항하는 배)를 떠올렸습니다. 그리고 거기에 알지 못할 달콤한 상상을 덧붙이곤 했습니다.

그런데 그만 큰 사건이 일어나고 말았습니다. 고별인사 한마디 없이 소녀의 노랫소리가 카페에서 슬그머니 사라지고 만 것입니다. 구슬을 굴리는 듯한 소녀의 노래가 들리지 않게 되자 젊은이들의 발길 역시 자연스럽게 멀어지게 되었고, 보기만 해도 시원하고 씩씩하던 맥주 빛 역시 검은 구름이 낀 것 같았습니다.

카페의 밤은 부슬비 뿌리는 그믐밤과도 같았습니다. 누구든지 만나면 소녀의 행방에 대한 이야기로 첫인사를 건넸습니다.

"어떤 신사와 함께 가던 걸……."

"신사?"

"응, 그것도 아주 점잖고 훌륭한 신사였어. 그다지 젊진 않지만, 또 그렇다고 아주 늙지도 않더라고."

소문은 소문을 낳았습니다. 그러나 누구도 제대로 된 사실을 알고 있는 사람은 없었습니다.

'이탈리아 소녀는 어찌 되었을까?'

남몰래 은근히 나오는 한숨과 함께 이와 같은 의문이 몇백 몇 천 번 되풀이되는 동안 몇 개월의 시간이 흘렀습니다. 모처럼 진정되어 가던 젊은이들의 마음에 다시 큰 폭풍이 일어났습니다. 카페란 카페의 둥근 탁자에 둘러앉아 있는 넋을 잃은 젊은이들의 입에서 마치 벼락이라도 떨어지듯이 아우성과 함께 기쁨의 부르짖음이 터져 나온 것입니다.

"오페라 부파로 가자!"

"오페라 부파로!"

바람결에 불려서 몰려드는 모기떼와 같이 '오페라 부파로!'란 부르짖음은 이 카페에서 저 카페로 때를 옮기지 않고 쭉 퍼졌습니다.

'오페라 부파'라고 하면 그 당시―18세기 말―전성기를 누렸던 파리의 대가극장이었습니다. 초여름 카페에서 갑자기 자취를 감춘 이탈리아 소녀가 그곳에 나타난 것입니다. 소녀는 다시 젊은이들의 마음을 사로잡았습니다. 환호와 갈채, 열광! 모두 소녀의 몫이었습니다. 전부터 소녀를 알던 사람들은 두말할 것도 없거니와 소녀의 노래를 처음 듣는 사람들 역시 놀라지 않는 사람이 없었고, 칭찬을 아끼지 않았습니다.

어제까지만 해도 이탈리아 소녀로, 또는 뱃사공의 딸로만 알았던 이국의 표랑가녀(漂浪歌女, 이리저리 떠돌아다니는 가수)가 오늘에 이르러 파리의 프리마돈나가 된 것입니다.

소녀가 카페로부터 몸을 숨기던 그 날 밤의 일이었습니다. 소녀는 카페에서 나오자마자 한 신사에게 붙잡히고 말았습니다. 그 신사로 말하자면 오페라 부파의 지배인으로 소녀의 아름다운 목소리를 전해 듣고 그녀를 데리러 온 것이었습니다.

하룻밤 만에 표랑의 소녀에서 파리의 프리마돈나로 도약한 행운의 이탈리아 소녀! 그녀의 이름은 '반터 지오르기'입니다.

'나의 살던 고향은 꽃피는 산골……'로 시작되는 〈고향의 봄〉을 모르는 사람은 없을 것이다. 우리 민족의 정서와 애수가 담긴 '울 밑에선 봉선화야……'로 시작되는 〈봉선화〉나 〈봄처녀〉 역시 마찬가지다. 이 주옥같은 노래의 작곡가가 바로 홍난파이다.

많은 사람이 그를 음악가로만 알고 있다. 하지만 그는 《대한매일신보》 기자로 활동하는 한편 소설 〈처녀혼〉과 〈향일초〉 등을 발표하는 등 문학적 재능 역시 뛰어났다. 그러나 당대의 많은 지식인과 예술인이 그랬듯이, 그 역시 친일의 덫을 피할 순 없었다.

그는 1937년 조선총독부가 주도해 결성한 〈조선문예회〉에 가입하면서 본격적인 친일의 길로 들어섰다.

당대의 지식인과 예술인치고 친일의 회유나 강요를 피하기는 힘들었을 것이다. 그러나 그의 친일은 두고두고 큰 아쉬움을 남긴다. 그의 이름을 지우고는 20세기 우리 음악사를 온전히 기술할 수 없기 때문에 더욱 더 그렇다.

님 있고, 밥 있고,
이러한 곳이라야 행복이 깃듭니다

님도 좋지만, 밥도 중합니다. 농부의 계집으로서 한평생 지지리 지지리 굶다 마느니 서울 서방님 곁
에 앉아 밥 먹고, 옷 입고, 그리고 잘살아 보자는 그 이상이 가질 바 못 되는 것도 아닙니다. 님 있고,
밥 있고, 이러한 곳이라야 행복이 깃듭니다.

잎이 푸르러 가시던 님이

백설이 흩날려도 아니 오시네.

이것은 강원도 농군이 흔히 부르는 노래의 하나입니다. 그리고 산골이
지난바 여러 자랑 중 하나라고도 볼 수 있습니다. 화창한 봄을 맞아 싱숭
거리는 그 심사야 예나 이제나 다를 리 있으리까만 그 매력에 감수(感受)
되는 품이 좀 다릅니다.

일전(日前)에 한 벗이 말씀하되, 나는 시골이, 한산한 시골이 그립다
합니다. 그는 본래 시인이요, 병마에 시달리는 몸이라 소란한 도시생활
에 물릴 것도 당연한 일입니다. 하지만 내가 생각건대, 아마 악착스러운
이 자파(娑婆, 세상)에서 좀이나마 해탈하고자 하는 것이 그의 본의일 듯

싶습니다. 그러나 그때 나는 "더러워서요, 아니꼬워 못사십니다" 하고 의미 몽롱한 대화를 하였습니다. 그리고 너무 결백한, 너무 도사유인 그의 성격에 나는 존경과 아울러 하품을 아니 느낄 수 없었습니다.

시골이란 그리 아름답고 고요한 곳이 아닙니다. 서울 사람이 시골을 동경하여 산이 있고, 내(川)가 있고, 쌀이 열리는 풀이 있고…… 이렇게 단조로운 몽상으로 애상적 시흥에 잠길 그때, 저쪽 촌뜨기는 쌀 있고, 옷 있고, 돈이 물밀 듯 질번거릴 법 한 서울에 오고 싶어 몸살을 합니다.

퇴폐한 시골, 굶주린 농민, 이것은 자타 없이 주지하는 바라 이제 새삼스레 뇌일 것도 아닙니다마는 우리가 아는 것은 쌀을 못 먹는 시골이요, 밥을 못 먹는 시골이 아닙니다. 굶주린 창자의 야릇한 기미는 도시(도무지) 모릅니다. 만약 우리가 본능적으로 주림을 인식했다면 곧바로 아름다운 시골, 고요한 시골이라 안 합니다.

시골의 생활감을 절실히 알려면 그래도 봄입니다. 한겨울 동안 흙방에서 복대기던 울분, 내일을 우려하는 그 췌조(悴操, 초췌한 모습), 그리고 터무니없는 야심. 이 모든 불온한 감정이 엄동에 지질려서 압축되었다 봄과 맞닥뜨려 몸이라도 나른히 녹고 보면 단박에 폭발되고 마는 것입니다.

남자란 워낙 뚝기가 좀 있어서 위험이 덜 합니다. 그것은 대체로 부녀, 더욱이 파랗게 젊은 새댁에 있어서 그 예가 심합니다. 그들은 봄에 더 들떠서 방종하는 감정을 자제치 못하고 그대로 열에 띄웁니다. 물에 빠집니다. 행실을 버립니다. 나물 캐러 간다고 요리조리 핑계 대고는 바구니를 끼고 한 번 나서면 다시 돌아올 줄 모르고 춘풍에 살랑살랑 곧장 가는 이도 한둘이 아닙니다. 그러나 붙들리면 반쯤 죽어날 줄 모르는 바도 아니련만……

또 하나 노래가 있습니다.

    잘 살고 못살긴 내 분복이요
    하이칼라 서방님만 얻어주게유.

이것두 물론 산골이 가진 자랑의 하나입니다. 여기에 하이칼라 서방님이란 머리에 기름 바르고 향기 피는 매끈한 서방님이 아닙니다. 돈 있고, 쌀 있고, 또 집 있고, 이렇게 푼푼하고 유복한 서울 서방님 말입니다. 언뜻 생각할 때 '에이, 더러운 계집들! 에이 우스운 것들!'하고 혹 침을 뱉으실 분이 있을지는 모르나 그것은 좀 덜 생각한 것입니다. 님도 좋지만, 밥도 중합니다. 농부의 계집으로서 한평생 지지리 지지리 굶다 마느니 서울 서방님 곁에 앉아 밥 먹고, 옷 입고, 그리고 잘살아 보자는 그 이상이 가질 바 못 되는 것도 아닙니다. 님 있고, 밥 있고, 이러한 곳이라야 행복이 깃듭니다.

내가 시골에 있을 제 내게 봄을 제일 먼저 전해주는 것은 무엇보다도 술상의 다래입니다. 나는 고놈을 매우 즐깁니다. 안주로 한 알을 입에 물고 꼭꼭 씹어보자면 매낀매낀한 그리고 알싸한 그 맛, 이크 봄이로군! 이렇게 직감으로 나는 철을 알게 됩니다. 그뿐만 아니라 봄에 몸 달은 큰 애기, 새댁들의 남다른 오뇌를 연상케 됩니다. 나물을 뜯으러 갑네 하고 꾀

꾀틈틈이(가끔 겨를이 있을 때마다) 빠져나와 심산유곡 그윽한 숲 속에 몰려 앉아서 넌지시 감춰두었던 곰방대를 서로 빨아가며 슬픈 사정을 주고받는 그들은 ― 차마 못 하고 이럴까 저럴까 망설이는 울적한 그 심사를 연상케 됩니다. 그리고 그 노래를…….

　　잎이 푸르러 가시던 님
　　백설이 흩날려도 아니 오시네.

　　그러다 술이 좀 취하면 몇 해 후에는 농촌의 계집이 씨가 마른다. 그때는 알총각들만 남을 터이니, 이를 어쩌나! 제멋대로 이렇게 단정하고 부질없이 근심까지도 하는 버릇이 있습니다.

　　김유정은 빼어난 문학작품을 다수 남긴 반면, 결혼도 하지 못한 채 스물아홉 살이란 나이에 삶을 마치고 말았다. 불우하다고 말할 수밖에.

　　그의 일생에 가장 많은 영향을 미친 사람은 어머니였다. 일곱 살에 어머니를 여윈 그는 평생 어머니를 그리워했다. 이에 일곱 살 연상의 유부녀 박녹주를 짝사랑해서 쫓아다녔는가 하면, 같은 잡지에 글이 실렸다는 이유만으로 시인 박용철의 여동생 박봉자에게 무려 30여 통이 넘는 편지를 보내기도 했다. 하지만 누구도 그의 마음을 받아들이지도 이해하려고도 하지 않았다. 그 결과, 그는 술에 의지하며 방황의 날을 보낼 수밖에 없었다.

그의 소설 〈생의 반려〉를 보면 주인공이 "난 어머니가 보고 싶다"고 소리치는 구절이 있다. 하지만 이는 실상 그의 내면에 숨죽이고 있던 그 자신의 목소리이기도 했다. 어린 나이에 어머니를 잃은 뒤, 어머니에 대한 그리움에 사무쳐 있었기 때문이다.

부유한 집에서 태어나 모두의 축복 속에서 살아왔지만 결국에는 쓸쓸하게 삶을 마감할 수밖에 없었던 김유정. 당시 폐병을 앓고 있던 시인 이상이 찾아와 동반 자살을 제의했지만, 그는 내년 봄에도 소설을 쓰겠다며 끝까지 삶에 대한 의지를 꺾지 않았다. 하지만 돈이 없어서 먹고 싶은 것도 먹지 못한 채 결국 삶을 마감하고 말았다. 죽기 11일 전 절친한 벗이자, 휘문고보 동기생인 소설가 안회남에게 보낸 편지 〈필승전('필승'은 안회남의 본명)〉에 당시 그의 심정이 잘 나타나 있다.

필승아. 나는 참말로 일어나고 싶다. 지금 나는 병마와 최후의 담판이다. 흥패(흥망)가 이 고비에 달려 있음을 내가 잘 안다. 나에게는 돈이 시급히 필요하다. 그 돈이 없는 것이다. …… (중략)

필승아. 나는 지금 막다른 골목에 맞닥뜨렸다. 나로 하여금 너의 팔에 의지하여 광명을 찾게 해다오. 요즘 나는 가끔 울면서 누워있다. 모두가 답답한 일뿐이다. 반가운 소식 전해다오, 기다리마.

애인을 잃고 쫓겨난 공주와 같은

서산 위에 잠깐 나타났다 숨어 버리는 초승달은 세상을 후려 삼키려는 독부가 아니면, 철모르는 처녀 같은 달이지만, 그믐달은 세상의 갖은 풍상을 다 겪고 나중에는 그 무슨 원한을 품고서 애처롭게 쓰러지는 원부와 같이 애절하고 애절한 맛이 있다. 보름의 둥근 달은 모든 영화와 끝없는 숭배를 받는 여왕 같은 달이지만, 그믐달은 애인을 잃고 쫓겨난 공주와 같은 달이다.

나는 그믐달을 몹시 사랑한다.

그믐달은 너무도 요염하여 감히 손을 댈 수도 없고 말을 붙일 수도 없이 깜찍하게 예쁜 계집 같은 달인 동시에 가슴이 저리고 쓰리도록 가련한 달이다.

서산 위에 잠깐 나타났다 숨어 버리는 초승달은 세상을 후려 삼키려는 독부(毒婦)가 아니면, 철모르는 처녀 같은 달이지만, 그믐달은 세상의 갖은 풍상을 다 겪고 나중에는 그 무슨 원한을 품고서 애처롭게 쓰러지는 원부(怨婦)와 같이 애절하고 애절한 맛이 있다. 보름의 둥근 달은 모든 영화와 끝없는 숭배를 받는 여왕 같은 달이지만, 그믐달은 애인을 잃고 쫓겨난 공주와 같은 달이다.

초승달이나 보름달은 보는 이가 많지만, 그믐달은 보는 이가 적어 그만큼 외로운 달이다. 객창한등(客窓寒燈, 객창에 비치는 쓸쓸하게 보이는 등불이란 뜻으로, 외로운 나그네의 신세를 말함)에 정든 임 그리워 잠 못 들어 하는 분이나, 못 견디게 쓰린 가슴을 움켜잡은 무슨 한 있는 사람 아니면, 그 달을 보아주는 이가 별로 없는 것이다.

그는 고요한 꿈나라에서 평화롭게 잠든 세상을 저주하며 머리를 풀어 헤치고 우는 청상(靑孀, 젊어서 남편을 잃고 홀로 된 여자)과 같은 달이다. 내 눈에는 초승달 빛은 따뜻한 황금빛에 날카로운 쇳소리가 나는 듯하고, 보름달을 쳐다보면 하얀 얼굴이 언제든지 웃는 듯하지만, 그믐달은 공중에서 번쩍하는 날카로운 비수와 같이 푸른빛이 있어 보인다.

내가 한 있는 사람이 되어서 그러한지는 모르되, 내가 그 달을 많이 보고 또 보기를 원하지만, 그 달은 한 있는 사람만 보아주는 것이 아니라, 늦게 돌아가는 술주정꾼과 노름하다 오줌 누러 나온 사람도 보고, 어떤 때는 도둑놈도 보는 것이다.

어떻든지, 그믐달은 가장 정 있는 사람이 보는 중에, 또는 가장 한 있는 사람이 보아주고, 또 가장 무정한 사람이 보는 동시에 가장 무서운 사람들이 많이 보아준다.

내가 만일 여자로 태어날 수 있다면 그믐달 같은 여자로 태어나고 싶다.

달만큼 문학작품 속에 다양하게 사용된 소재도 없을 것이다. 생성과

소멸을 반복하는 그 속성이 인간의 삶과 너무도 닮았기 때문이다. 초승달에서 보름달로 차올랐다가 그믐달로 이지러지는 달의 변화는 삶과 죽음, 존재와 허무, 풍요와 빈곤, 위안과 상처를 대변한다.

그러고 보면 이 작품만큼 달의 형상과 여성의 모습을 뛰어난 언어적 감수성으로 비유한 작품도 드물다.

　"초승달은 세상을 후려 삼키려는 독부(毒婦)가 아니면, 철모르는 처녀 같은 달이지만, 그믐달은 세상의 갖은 풍상을 다 겪고 나중에는 그 무슨 원한을 품고서 애처롭게 쓰러지는 원부(怨婦)와 같이 애절하고 애절한 맛이 있다. 보름의 둥근 달은 모든 영화와 끝없는 숭배를 받는 여왕 같은 달이지만, 그믐달은 애인을 잃고 쫓겨난 공주와 같은 달이다."

그러면서도 그믐달을 사랑한다고 했다. 오죽했으면 '그믐달 같은 여자로 태어나고 싶다'며 끝을 맺었을까.

　"그믐달은 가장 정 있는 사람이 보는 중에, 또는 가장 한 있는 사람이 보아주고, 또 가장 무정한 사람이 보는 동시에 가장 무서운 사람들이 많이 보아준다. 내가 만일 여자로 태어날 수 있다면 그믐달 같은 여자로 태어나고 싶다."

그래서일까. 달빛이 좋은 밤이면 시나브로 이 글이 떠오른다.

미끄러지듯 풀 위로 나타났다
숨어버리는 그 예쁜 발

발은 유순하고 폭신폭신한 파란 풀 속에 잠겼다가 이내 다시 떠올랐다. 놀라운 것은 발이 하얗기가
마치 흰 눈과도 같았다는 것이다. 또 미끄러지듯 풀 위로 나타났다 곧 숨는 것이 마치 물속에서 노는
은어(銀魚)와도 같았다. 나는 모든 것을 잊은 채 그 발에만 눈을 주었다.

여름처럼 자연과 친하기 쉬운 시절은 없으리라. 풀도 한껏 푸르고, 나
무도 한껏 우거진 데다, 풀밭 위를 맨발로 시름없이 돌아다니는 맛이란
어떤 말로도 형용할 수 없다.

문득, 어린 시절의 일이 떠오른다. 열두 살이었던가, 열세 살이었던가.
내가 사는 곳에서 한 십 리 정도 되는 앞산이란 곳에 놀러 간 적이 있다.

해가 뉘엿뉘엿 서산으로 넘어가 장엄하고도 힘없는 광선이 불그스름
하게 나뭇가지에 걸렸을 무렵, 나는 고목 등걸에 앉아 있었다. 앞을 바라
보니, 귀여운 아가씨 두어 명이 나물을 캐고 있는 모습이 보였다. 어린 새
가 이제 막 날기를 배우는 것처럼 잠깐 걸었다가 주저앉고 다시 일어섰
다가 주저앉는 모습이 눈에 띄었다. 이상한 것은 아가씨들이 모두 맨발
이라는 것이었다.

발은 유순하고 폭신폭신한 파란 풀 속에 잠겼다가 이내 다시 떠올랐다. 놀라운 것은 발이 하얗기가 마치 흰 눈과도 같았다는 것이다. 또 미끄러지듯 풀 위로 나타났다 곧 숨는 것이 마치 물속에서 노는 은어(銀魚)와도 같았다. 나는 모든 것을 잊은 채 그 발에만 눈을 주었다.

10여 년이 지난 지금도 내 기억 속에는 그 모습이 강렬하게 남아 있다. ─ 미끄러지듯 풀 위로 나타났다 숨어버리는 그 예쁜 발. 그때도 여름이었다. 과연, 그 처녀들은 지금, 어디에서 뭘 하고 있을까.

그때부터 나는 여름만 되면, 맨발이 떠오른다. 그리고 어떻게 형용할 수 없는 안타까운 마음으로 그때 그 아가씨들의 현재와 미래를 생각하곤 한다.

우리에게는 소설 〈운수 좋은 날〉로 익숙한 현진건은 사실주의 문학을 개척한 문학가이자 올곧은 언론인이었다. 특히 《동아일보》사회부장으로 있던 1936년 베를린 올림픽 마라톤에서 우승을 차지했던 손기정 사진의 일장기를 지워 보도하는 데 주도적 역할을 했다. 이로 인해 일 년 동안 옥고를 치러야 했을 뿐만 아니라 신문사에서도 쫓겨나 한동안 돼지와 닭을 키우면서 살아야 했다.

그는 당대의 작가들로부터 '조선의 체 호프'라는 말을 들을 만큼 문장과 구성에 있어서 짜임새가 뛰어났던 단편소설의 대가였다. 그와 관련해서 많은 에피소드가 전한다. 그중 그의 작품 〈빈처〉와 관련된 것이 있다.

그의 처가는 경주에서 알아주는 부호였다. 하지만 정작 자신은 집이 매우 가난해서 처가에서 보내주는 것으로 생계를 이어가야 했다. 친정에 간 아내가 구박을 받고 처남댁이 부자 행세를 하는 모습을 묘사하여 주인공이 분노한다는 〈빈처〉는 바로 그의 아내를 모티브로 쓴 것이다.

하지만, 역시나 현진건 하면 가장 먼저 떠오르는 건 〈운수 좋은 날〉이다. 특히 이 작품은 하층민인 인력거꾼 김 첨지의 하루를 통해 삶의 아이러니를 보여줄 뿐만 아니라 이를 통해 식민시 조선이 처한 현실을 상징적으로 그리고 있다.

"설렁탕만은 잊지 않고 사 들고, 집으로 들어섰더니, 아내의 쿨럭쿨럭하는 기침 소리가 들리지 않았다. 그 사이에 아내는 죽어 있고, 젖 먹이는 빈 젖꼭지만 빨고 있었다. 김 첨지는 넋을 잃고, 미친 듯이 제 얼굴을 죽은 이의 얼굴에 한데 비벼 대며 울음 섞인 목소리로 중얼거린다. '설렁탕을 사다 놓았는데 왜 먹지를 못하니, 왜 먹지를 못하니? 괴상하게도 오늘은 운수가 좋더니만……'"

이렇듯 그의 글은 아이러니한 설정을 통해 독자의 허를 찌른다. 그러다 보니 언제 읽더라도 눈물샘을 자극한다.

고운 나비의 날개,
비단 같은 꽃잎

고운 나비의 날개, 비단 같은 꽃잎, 아니 아니, 이 세상에 곱고 보드랍다는 어떤 표현으로도 형용할
수 없는 이 보드랍고 고운 자는 얼굴을 들여다보라. 그 서늘한 두 눈을 가볍게 감고 이렇게 귀를 기울
여야 들릴 만큼 가늘게 코를 골면서 편안히 잠자는 이 좋은 얼굴을 들여다보라. 우리가 종래에 생각
해 오던 하느님의 얼굴을 여기서 발견하게 된다.

어린이가 잠을 잔다. 내 무릎 앞에 편안히 누워서 낮잠을 자고 있다. 볕
좋은 첫여름 조용한 오후이다.

고요하다는 고요한 것을 모두 모아서 그중 고요한 것만을 골라 가진
것이 어린이의 자는 얼굴이다. 평화라는 평화 중에 그중 훌륭한 평화만
을 골라 가진 것이 어린이의 자는 얼굴이다. 아니, 그래도 나는 이 고요
한 자는 얼굴을 잘 말하지 못하였다. 이 세상의 고요하다는 고요한 것은
모두 이 얼굴에서 우러나는 듯싶게 어린이의 잠자는 얼굴은 고요하고
평화스럽다.

고운 나비의 날개, 비단 같은 꽃잎, 아니 아니, 이 세상에 곱고 보드랍다
는 어떤 표현으로도 형용할 수 없는 이 보드랍고 고운 자는 얼굴을 들여
다보라. 그 서늘한 두 눈을 가볍게 감고 이렇게 귀를 기울여야 들릴 만큼

가늘게 코를 골면서 편안히 잠자는 이 좋은 얼굴을 들여다보라. 우리가 종래에 생각해 오던 하느님의 얼굴을 여기서 발견하게 된다. 어느 구석에 먼지만큼이나 더러운 티가 있느냐. 어느 곳에 우리가 싫어할 한 가지 반 가지나 있느냐. 죄 많은 세상에 나서 죄를 모르고, 부처보다도, 예수보다도 하늘 뜻 그대로의 산 하느님이 아니고 무엇이랴. 아무 죄도 갖지 않는다. 아무 획책(劃策)도 모른다. 배고프면 먹을 것을 찾고 먹어서 부르면 웃고 즐긴다. 싫으면 찡그리고, 아프면 울고, 거기에 무슨 꾸밈이 있느냐. 시퍼런 칼을 들고 핍박(逼迫)하여도 맞아서 아프기까지는 방글방글 웃으며 대하는 것이다. 이 넓은 세상에 오직 이 이가 있을 뿐이다.

오오, 어린이는 지금 내 무릎 위에서 잠을 잔다. 더할 수 없는 착함과 더할 수 없는 아름다움을 갖추고 그 위에 또 위대한 창조의 힘까지 갖추어 가진 어린 하느님이 편안하게도 고요한 잠을 잔다. 옆에서 보는 사람의 마음속까지 생각이 다른 번추(煩醜)한 것에 미칠 틈을 주지 않고 고결하게 순화시켜 준다. 사랑스럽고도 부드러운 위엄을 가지고 곱게 곱게 순화시켜 준다.

나는 지금 성당에 들어간 이상의 경건한 마음으로 모든 것을 잊어버리고 사랑스러운 하느님의 자는 얼굴에 예배하고 있다.

어린이는 복되다!

이때까지 모든 사람은 하느님이 우리에게 복을 준다고 믿어왔다. 그 복을 많이 가져온 이가 어린이다. 그래 그 한없이 많이 가지고 온 복을 우리에게도 나누어준다. 어린이는 순 복덩어리다.

마른 잔디에 새 풀이 나고 나뭇가지에 새움이 돋는다고 제일 먼저 기뻐 날뛰는 이도 어린이다. 봄이 왔다고 종달새와 함께 노래하는 이도 어린이고, 꽃이 피었다고 나비와 함께 춤을 추는 이도 어린이다. 별을 보고 좋아하고 달을 보고 노래하는 것도 어린이요, 눈 온다고 기뻐 날뛰는 이도 어린이다. 산을 좋아하고 바다를 사랑하고 큰 자연의 모든 것을 골고루 좋아하고 진정으로 친애하는 이가 어린이요, 태양과 함께 춤추며 사는 이가 어린이다.

그들에게는 모든 것이 기쁨이요, 모든 것이 사랑이요, 또 모든 것이 친한 동무다. 자비와 평등과 박애와 환희와 행복과 이 세상 모든 아름다운 것만 한없이 많이 가지고 사는 이가 어린이다. 어린이의 살림 그것 고대로가 하늘의 뜻이다. 우리에게 주는 하늘의 계시(啓示)이다.

어린이의 살림에 친근할 수 있는 사람, 어린이 살림을 자주 들여다볼 수 있는 사람? 배울 수 있는 사람은 그만큼 행복을 얻을 것이다.

어린이와 마주 대하고는 우리는 찡그리는 얼굴, 성낸 얼굴, 슬픈 얼굴을 못 짓게 된다. 아무리 성질 곱지 못한 사람일지라도 어린이와 얼굴을 마주하고는 험상한 얼굴을 못 가질 것이다. 어린이와 마주 앉을 때 적어도 그 잠깐 동안은? 모르는 중에 마음의 세례(洗禮)를 받고 평상시에 가져 보지 못하는 미소를 띤 부드러운 좋은 얼굴을 갖게 된다. 잠깐일망정 그동안 순화되고 깨끗해진다. 어떻게든지 우리는 그동안 순화되는 동안을 자주 갖고 싶다.

하루에도 3천 가지 마음, 지저분한 세상에서 우리의 맑고도 착하던 마음을 얼마나 쉽게 굽어 가려고 하느냐? 그러나 때로는 방울을 흔들면서 참됨이 있으라고 일깨워주고 지시해주는 어린이의 소리와 행동은 우리에게 큰 구제의 길이 되는 것이다.

우리가 피곤한 몸으로 일에 절망하고 늘어진 때에 어둠에 빛나는 광명의 빛깔이 우리 가슴에 한 줄기 빛을 던지고 새로운 원기와 위안을 주는 것도 어린이만이 가진 존귀한 힘이다. 어린이는 슬픔을 모른다. 그리고 음울한 것을 싫어한다. 어느 때 보아도 유쾌하고 마음 편하게 논다. 아무 델 건드려도 한없이 가진 기쁨과 행복이 쏟아져 나온다. 기쁨으로 살고 기쁨으로 커간다. 뻗어 나가는 힘! 그것이 어린이다. 인류의 진화와 향상도 여기에 있는 것이다.

어린이에게서 기쁨을 빼앗고, 어린이 얼굴에 슬픈 빛을 지어주는 사람보다 더 불행한 사람은 없을 것이요, 그보다 더 큰 죄인은 없을 것이다. 어린이의 기쁨을 상하게 해서는 안 된다. 그리할 권리도 없고, 그리할 자격도 없건만…… 무지한 사람들이 어떻게 많이 어린이들의 얼굴에 슬픈 빛을 지어 주었느냐. 어린이들의 기쁨을 찾아주어야 한다, 어린이들의 기쁨을 찾아주어야 한다.

어린이는 아래 세 가지 세상에서 온통 것을 미화시킨다.

이야기 세상? 노래의 세상? 그림의 세상

어린이 나라에는 세 가지 예술이 있다. 어린이들은 아무리 엄격한 현실이라도 그것을 이야기로 본다. 그래서 평범한 일도 어린이의 세상에서는 그것이 예술화하여 찬란한 미와 흥미를 더하여 가지고 어린이 머릿속에 전개된다. 그 때문에 어린이는 항상 이 세상 모든 것을 아름답게 본다.

어린이들은 또 실제에서 경험하지 못한 일을 이야기 세상에서 훌륭히 경험한다. 어머니와 할머니 무릎에 앉아서 재미있는 이야기를 들을 때 그는 아주 이야기에 동화(同化)해 버려서 이야기 세상에 들어가서 이야기에 따라 왕자도 되고, 고아도 되고, 또 나비도 되고, 새도 된다. 그렇게 해서 어린이들은 자기가 가진 행복을 더 늘려 가는 것이다.

어린이는 모두 시인이다. 본 것, 느낀 것을 그대로 노래하는 시인이다. 고운 마음을 가지고, 어여쁜 눈을 가지고, 아름답게 보고 느낀 그것이 아름다운 말로 입 밖으로 굴러 나올 때, 나오는 모든 것이 시가 되고 노래가 된다. 여름날 성한 나무숲이 바람에 흔들리는 것을 보고 바람의 어머니가 아들을 보내어 나무를 흔든다고 보는 것도 그대로 시요, 오색의 찬란한 무지개를 보고 하느님의 따님이 오르내리는 다리라고 하는 것도 그대로 시다.

개인 밤 밝은 달의 검은 점을 보고는,

> 저기 저기 저 달 속에 계수나무 박혔으니 금도끼로 찍어내고
> 옥도끼로 다듬어서 초가삼간 집을 짓고 천년 만년 살고지고

고운 노래를 높이어 이렇게 노래 부른다. 밝디밝은 달님 속에 계수나무를 금도끼 은도끼로 찍어내고 다듬어서 초가삼간 집을 짓자는 생각이,

새야새야파랑새야　녹두밭에 앉지 마라.

녹두꽃이 떨어지면　청포장수 울고 간다.

　이러한 고운 노래를 기꺼운 마음으로 소리 높여 부를 때, 그들의 고운 넋이 얼마나 아름답게 우쭐우쭐 자라갈 것이랴? 위의 두 가지 노래는 어린이 자신의 속에서 우러나오는 것이 아니고 큰 사람이 지은 것일지도 모른다. 그러하나 몇 해 몇십 년 동안 어린이들의 나라에서 불러내어서 어린이의 것이 되어 내려온 기기에 그 노래에 스며진 어린이의 생각, 어린이의 살림, 어린이의 넋을 볼 수 있는 것이다.

　어린이는 그림을 좋아한다. 그리고 또 그리기를 좋아한다. 조금도 기교가 없는 순진한 예술을 낳는다. 어른의 상투를 재미있게 보았을 때 어린이는 몸뚱이보다 큰 상투를 그려놓는다. 얼마나 솔직한 표현이냐. 얼마나 순진한 예술이냐.

　지나간 해 여름이다. 서울 천도교당에서 여섯 살 된 어린이에게 이 집 교당(내부 전체를 가리키면서)을 그려보라 한 일이 있었다. 어린이는 서슴지 않고 종이와 붓을 받아들더니 거침없이 네모 번듯한 사각 하나를 큼직하게 그려서 나에게 내밀었다. 얼마나 놀라운 일이냐? 그 어린 동무가 그 큰 집에 들어앉아서 그 집을 보기는 크고 네모 번듯한 넓은 집이라고 밖에 더 달리 복잡하게 보지 아니한 것이었다. 얼마나 순진하고 솔직한 표현이냐? 거기에 아직 더럽혀지지 아니한 이윽고 큰 예술을 낳아 놓을 무서운 참된 힘이 숨어 있다고 나는 믿는다. 한 포기 풀을 그릴 때 어린 예술가는 연필을 쥐고 거리낌 없이 쭉쭉 풀줄기를 그린다. 그러나 그 한 번에 쭉 내어 그은 그 선이 얼마나 복잡하고 묘하게 자상한 설명을 주는지 모른다.

위대한 예술을 품고 있는 어린이여! 어떻게도 이렇게 자유로운 행복만을 갖추어 가졌느냐?

어린이는 복되다. 어린이는 복되다. 한이 없는 복을 가진 어린이를 찬미하는 동시에 나는 어린이 나라에 가깝게 있을 수 있는 것을 얼마든지 감사한다.

소파 방정환은 우리나라에서 처음으로 '어린이날'을 만들고, 처음으로 본격적인 아동문학과 어린이문화 운동을 일으킨 어린이 운동의 창시자다. 그만큼 그는 어린이를 아끼고 사랑했다. 특히 그는 모든 어린이는 '시인'이라며 예찬했다. 고운 마음으로 보고 느낀 것을 아름다운 말로 재잘거리면 그대로 시가 되고 노래가 되기 때문이다. 또 어린이를 '화가'라며 찬미를 아끼지 않았다. 조금도 기교를 부리지 않는 대신 본 것을 솔직하게 표현하는 예술가라고 생각한 것이다.

간혹 아동학대에 관한 뉴스가 화제가 되곤 한다. 그런 소식을 접할 때마다 분노와 안타까움을 금할 수 없다. 과연 그들에게 어린이는 어떤 존재일까. 그들에게 소파의 다음 말을 들려주고 싶다.

"어린이에게서 기쁨을 빼앗고, 어린이 얼굴에 슬픈 빛을 지어주는 사람이 있다 하면 그보다 더 불행한 사람은 없을 것이요, 그보다 더 큰 죄인은 없을 것이다. 어린이의 기쁨을 상하게 해서는 안 된다. ······ (중략) ······ 어린이들의 기쁨을 찾아주어야 한다. 어린이들의 기쁨을 찾아주어야 한다."

잘 그리지도 못하는 솜씨로
종이 위에 당신을 그려놓고

나는 온종일 방에서 뒹굴며 잘 그리지도 못하는 솜씨로 종이 위에 당신을 그려놓고, 사랑하는 나의
사람이니, 혹은 'Love is Best'니 하는 글들을 그 옆에 써 보았습니다. 하지만 모두 쓸데없는 장난에
불과합니다.

오늘은 7월 14일.

어제 백양사(白羊寺)에 다니러 왔습니다. 그런데 이게 웬일입니까. 바
람이 심하게 불더니 수심(愁心)에 젖은 검은 하늘에서는 곧 방울방울 눈
물이 흘러내립니다. 아, 당신은 오늘 무엇을 하였나요?

아침에 닭고기를 먹고, 포도주를 마시며 당신을 생각했습니다. 그리고
식사를 마치고 늘어져 있던 발(가늘고 긴 대를 줄로 엮거나, 줄 따위를 여
러 개 나란히 늘어뜨려 만든 물건으로 무엇을 가릴 때 사용한다)을 헤치
니, 아, 이게 웬일입니까? 파랑새 한 마리가 창문 옆 소나무에서 아름답
게 울고 있지 않겠습니까. 임의 혼이 새가 되어 우는 것일까요?

새가 되어 당신 창에 울어보리까?

꽃이 되어 당신 집에 피어보리까?

새도, 꽃도 못 되는 내 마음은

꿈속에서만 당신 집을 찾아간다오.

이런 노래를 생각하며 당신을 몇 번이나 생각하였습니다.

아, 그리운 이여! 당신은 이런 때 왜 내 옆에 계시지 않습니까?

점심을 먹고 약수터에 다녀오는 길이었습니다. 송화색(松花色, 소나무의 꽃가루 빛깔처럼 엷은 노란색) 꾀꼬리 한 마리가 슬피 울면서 척척 늘어진 소나무 가지에서 왔다 갔다 했지요. 만일 당신이 계셨더라면 그 언제인가 하시던 모양으로,

"나 꾀꼬리 잡아줘, 응!" 하고 응석을 부렸겠지요.

아, 그 빛나는 황금색 꾀꼬리! 당신의 고운 혼이 지금 저 새가 되어 울고 있지는 않은지요?

나는 온종일 방에서 뒹굴며 잘 그리지도 못하는 솜씨로 종이 위에 당신을 그려놓고, 사랑하는 나의 사람이니, 혹은 'Love is Best'니 하는 글들을 그 옆에 써 보았습니다. 하지만 모두 쓸데없는 장난에 불과합니다. 차라리 만돌린(기타처럼 생긴 현악기)을 들고 잊어버린 옛날 노래나 부를까 합니다.

밤이 깊어 옵니다. 빗소리! 바람소리! 멀리서 우는 까마귀소리! 긴 숲의 그늘이 꿈을 타고 멀리 하늘 위로 떠오르는 밤입니다. 산도 깊고, 숲도 깊어 끝없는 적막만이 온누리를 파고 돕니다.

아, 이 밤에 누구를 찾아 꿈나라에 실려 가오리까?
그럼, 안녕하소서. 총총!

"우리 사회에도 '사랑'이라는 말이 유행합니다. 더욱이 사랑에 울고, 사랑에 웃는 사람이 적지 아니한 듯하외다. 이때를 당하여 진정한 의미의 연애서간집을 발행하는 것도 결코 무의미한 일이 아닐까 합니다."

이는 노자영이 '오은서'란 필명으로 펴낸 《사랑의 불꽃》의 서문 중 일부다. 1929년 출간된 《사랑의 불꽃》은 당대의 베스트셀러였다. 하지만 대부분 연애편지와 같은 방식을 취해 단조로운 면이 있다.

"성희 씨! 꽃이 피고, 잎이 지고, 화조월석(花朝月夕) 고운 날이 몇 번이나 변하더니, 벌써 10년이라는 세월이 지났구려. 아, 가는 것은 세월이요, 빠른 것 역시 세월입니다. 누가 세월의 무상함을 탄식하지 않겠습니까? 그러나 세월이 가고, 시간이 가도, 당신은 언제나 이 가슴 속에 살아 있습니다."

사실 노자영에 관해서 알려진 이야기는 그리 많지 않다. 이는 그가 시대적 아픔에 주목하지 않은 채 다분히 감상적이고 여성 취향적인 글을 썼다는 이유 때문이다. 그로 인해 그의 글은 당시 여자들 사이에서 큰 인기를 끌었지만, 후대에 들어 크게 조명받지 못했다. 역시나 시대성과 역사성을 외면했다는 이유 때문이다.

　노자영은《백조》창간 동인으로서 작품 활동을 시작하였고, 잡지《신인문학》을 창간해 후진 양성에도 힘썼다. 특히 시와 수필에서 소녀 취향의 감상주의로 일관하여 자신의 시에 '수필시'라는 특이한 명칭을 붙이기도 했던 낭만주의자였다.

비록 서너 시간 밖에
만난 일이 없지만

비록 서너 시간 밖에 만난 일이 없지만 내게 큰 기쁨을 주었고, 내 어린 영혼을 흔들어 주었으며, 삼사 년 동안 내 외로운 영혼의 동무가 되어 주었고, 일생에 나의 가슴 속에 깨끗한 향내가 되어 두 고두고 나의 일생을 향기롭게 하는 사람이 되었기 때문입니다. 이것이 어찌 인연이아니겠습니까?

여러분은 연분(緣分, 서로 관계를 맺게 하는 인연)이란 말을 믿습니까. 아마 새로운 교육을 받으신 분들은 연분이라면 미신이라고 비웃으시겠 지요. 나도 그런 미신은 비웃어 버리고 싶습니다. 그러나 세상에는 연분 이라고밖에는 생각할 수 없는 일이 무척 많습니다. 내가 지금부터 말하 려는 '내 생애 잊을 수 없는 일 분' 역시 연분이라고밖에는 생각할 수 없 는 일입니다.

불가(佛家)의 말을 빌리면 인생의 모든 일이 다 인과(因果, 원인과 결 과)라고 합니다. 지금 내가 여러분께 이야기하는 것이나, 또 하고 많은 사 람 중에서 특별히 여러분만이 내 이야기를 듣는 것 역시 모두 인연이라 는 것입니다. 즉, 몇 만 년, 몇십만 년, 몇 천겁, 몇억 천 겁, 몇천억 아승지 겁(阿僧祇劫, 년 · 월 · 일이나 어떤 시간의 단위로도 계산할 수 없는 무한히 긴 시간) 전부터 쌓은 인이 맺어서 오늘의 인연을 이룬 것이라고 합니다. 과연 인생의 여러 가지 일을 가만히 생각해보면 모두 인연이라고밖에 할 수 없습니다. 더욱이 나처럼 파란 많고 기구한 일생을 보낸 사람일수록 일생이 알 수 없는 무슨 신비한 인연으로 이뤄진 것 같습니다. 그중 지금부터 시작하려는 이야기는 내가 당한 인연 중에서도 가장 신비한 인연에 관한 것입니다.

인연 중에 남녀의 결합에 관한 것을 '연분'이라고 부릅니다. 이에 나 역시 이 이야기를 연분이라고 명명하였습니다. 여러분께서 이 이야기를 다 읽고 나면 아시겠지만 '첫사랑'이라고 이름 짓는 것이 더 마땅할지도 모릅니다.

열다섯― 그렇습니다. 그것은 내가 열다섯 살 때 있었던 일입니다. 나는 동경으로 공부하러 갔다가 (그때 우리나라에는 학교가 없었습니다) 어떤 사정이 있어서 잠시 고향에 돌아온 적이 있습니다. 그러나 부모가 모두 돌아가신 터라 마땅히 집이라고 부를 만한 곳이 없었습니다. 그래서 친척 집으로, 친구의 집으로 이삼일 혹은 사오일씩 묵으며 돌아다니곤 했습니다. 그러다가 S라고 하는 고모님 댁에 가서 정월 한 보름 명절을 보내게 되었습니다.

고모님 댁에 사내아이라고는 어린아이 하나밖에 없었습니다. 그러나 여자아이는 장성한 딸이 셋이나 있었습니다. 또 그 집이 동네에서 제일 잘 살고 큰 집이었기에 동네 아가씨들이 모두 모여서 놀곤 했습니다. 이에 열사흗날 밤부터는 마치 잔칫집처럼 웅성웅성했습니다.

꽃 같은 처녀들이 모두 다홍치마나 분홍치마를 차려입고, 치렁치렁 땋아 늘인 머리에는 구자판이나 진주를 단 댕기를 드리고, 하얀 버선에 새 신을 신은 채 빨갛게 얼굴이 상기되어 뭐라고 지껄이면서 안마당과 뒤울(집 뒤쪽에 있는 담이나 울타리) 안에서 웃고 뛰는 모습이 외롭게 자란 내게는 말할 수 없이 이채롭고 기뻤습니다. 마치 오랫동안 찬바람을 쐬다가 훈훈한 방에 들어온 사람처럼 스스로 졸리는 것처럼 마음이 즐거웠습니다. 그래서 뒤 울 안 담에 비스듬히 기대어 아가씨들이 뛰노는 것을 지켜보곤 했습니다. 그러면 나를 처음 보는 아가씨들은 이따금 힐끗힐끗 나를 쳐다보고는 수줍은 듯이 달아나곤 했습니다. 하지만 장난에 흥이 나고, 나를 점점 알아감에 따라 치맛자락으로 내 몸을 스치는 것 역시 꺼리지 않게 되었습니다. 더욱이 누이들이 내게 와서 매달리는 것을 보고는 나이 어린 아가씨들은 살짝 내 몸에 손을 대기도 했습니다.

아가씨들은 동그랗게 손을 잡고 한 아가씨가 피하면 다른 아가씨가 피하는 아가씨를 붙들려고 따라다니는 놀이를 즐겨 했는데, 손을 잡은 아가씨들이 팔을 들어 쫓기는 사람을 보호하는 놀이였습니다. 그리고는 흡사 비단을 찢는 듯한 목소리로 연이어 이렇게 말했습니다.

"어디 장차?"

"전라도 장차!"

"어느 문으로?"

"동대문으로!"

그러면서 빙글빙글 돌아갈 때 부드러운 달빛이 아가씨들의 어여쁜 얼굴의 이쪽과 저쪽을 비추곤 했습니다. 그러다가 눈이 그 달빛에 반짝반짝 빛나기도 했습니다.

그중에 특별히 목소리가 고운 아가씨가 한 명 있었습니다. 그녀는 항상 '어디 장차?'를 가장 먼저 묻곤 했는데, 그 소리가 마치 하늘에서 떨어지는 것처럼 맑고 고왔습니다.

그녀는 그 날 모인 사람 중 가장 나이가 많은 듯했습니다. 치마의 분홍빛은 물론 저고리 색깔은 지극히 연했습니다. 두 소매에 단 끝동만이 짙은 남색을 띠고 있었습니다. 그러나 쌀을 드는 모양이며, 몸을 놀리는 모양이 마치 춤을 추는 듯해 그녀의 몸이 내 앞으로 가까이 올 때마다 나는 이상하게 가슴이 두근거렸습니다.

그녀 역시 남달리 나를 보는 듯했습니다. 하지만 그녀가 내 앞을 지나서 한 바퀴 돌아 다시 내 앞에 오기까지는 마치 봄이 가고, 여름, 가을, 겨울이 지나 다시 봄이 오는 것처럼 길게 느껴졌습니다.

"우리 조아질(공기놀이) 하자!"

누군가 이렇게 소리를 치자, 즐겁게 놀던 아가씨들이 갑자기 방으로 우르르 뛰어 들어갔습니다. 나는 그대로 멀거니 선 채 흡사 얼빠진 사람처럼 방 안에서 나는 재잘거리는 소리를 듣고 있었습니다. 그러자 갑자기 그녀가 생각나 가슴이 두근거렸습니다. 미칠 것 같이 그녀가 그리웠습니다. 지금 그 처녀가 방 안에 있건만 어디 먼 곳으로 달아난 듯했습니다. 마치 저 하늘 위 달나라로 날아 올라간 것 같았습니다.

그때 내 누이가 갑자기 뛰어나왔습니다.

"오빠! 왜 안 들어오고 이러고 서 있어요? 한 사람이 모자라는데 우리 편해요."

그러더니 두 손으로 나를 잡아끕니다. 언뜻 보니 저쪽 편 그늘에 그녀가 있었습니다.

"싫다! 사내가 어떻게 공기놀이를 해?"

나는 끌려가지 않을 양으로 떡 버티고 섰습니다. 그랬더니 누이가 냉큼 뛰어가서 그녀를 데리고 왔습니다. 그녀는 감히 말을 붙이지는 못했지만 간청하듯 나를 바라보았습니다. 달빛에 비친 그 얼굴이 참으로 아름다웠습니다. 이에 나는 더 거절할 용기가 없어서 끌려 들어가고 말았습니다.

나는 그녀와 같은 편이 되었습니다. 그리고 우리 둘 다 공기놀이를 무척 잘했습니다. 그 결과, 세 번을 계속해서 우리가 이겼습니다. 그러자 저쪽 편에서 항의를 해왔습니다.

"싫어! 편 다시 짜!"

처음에 내가 사내라 공기놀이를 잘못할 줄 알고 잘하는 사람과 한 편이 되게 했는데, 뜻밖에 잘하는 것을 보고 깜짝 놀란 것입니다.

나는 기실 그중에서 제일 수가 높았습니다. 내가 '알 바꾸기' 같은 어려운 것을 실수 없이 잘하자 그녀는 반쯤 입을 벌린 채 내 손과 얼굴을 번갈아가며 쳐다보았습니다. 그때 내 기쁨은 실로 말할 수가 없었습니다. 만일 내가 수가 낮아서 그녀 편을 지게 했더라면 얼마나 면목이 없었을지. 하지만 나는 그 자리에서 왕이 되었습니다. 내가 마지막 차례가 되어 저쪽 편보다 훨씬 떨어진 것을 혼자서 다 따라잡자, 그녀는 아직 내 손 기운이 따뜻하게 남아 있는 공기를 정다운 듯이 사르르 쥐면서 나를 보고 방긋 웃어주었습니다. 하지만 결국 그녀와 나는 편이 갈리고 말았습니다. 편이 갈린 것은 슬펐지만, 자리가 바뀌어 그녀 옆에 나란히 앉게 된 기쁨은 여간한 게 아니었습니다. 비록 피차에 옷이 여러 겹 가려져 있더라도, 무릎과 어깨가 슬쩍슬쩍 스칠 때는 둘의 몸에서 뜨거운 불길이 확확 건너가는 것 같았습니다.

처음에는 몸이 살짝 닿기만 해도 쌈짝 놀라서 피했지만 얼마 안 되어서는 다리와 다리가 혹은 옆구리와 옆구리가 마주 닿아도 장난에 취한 듯이 모르는 척하였습니다. 그렇게 해서 밤이 깊어 갈수록 방 안의 공기는 식어갔지만, 공기놀이를 하며 마주 닿는 어깨며, 옆구리, 다리는 불덩어리처럼 뜨거워져 갔습니다. 거기에 취한 나는 시간 가는 줄도 몰랐습니다. 그러나 다른 아이들은 모두 피곤한 모양인지 졸리는 듯한 얼굴을 하고 있었습니다. 이에 약간의 새참을 먹은 후 하나씩 집으로 돌아갔습니다.

나는 커다란 밤나무 숲이 있는 조그마한 고개를 넘어가야 할 그녀를 데려다주기로 했습니다. 달은 퍽 기울어져서 앞 벌판에는 시커먼 산 그림자가 누웠는데, 발밑에서 빠득빠득하는 언 눈 소리가 싸악—싸악 하는 치마 소리와 함께 들려왔습니다. 그녀는 빠른 걸음으로 뒤도 안 돌아보고 앞장서서 걸어갔습니다. 그러더니 고갯마루에 이르러 나를 돌아보았습니다.

"이제 돌아가셔요."

그러나 나는 아무 말 없이 서 있었습니다. 굵다란 밤나무 그림자가 그녀의 몸에 어릿어릿합니다. 나는 숨만 헐떡거리고 꼼짝할 수가 없었습니다. 그러자 그녀는 빙그레 웃는 낯으로 나를 그윽이 바라보더니 싸늘한 손을 들어 잠시 내 손을 만지고는 무엇에 깜짝 놀란 사람처럼 집을 향해 뛰어가기 시작했습니다. 달빛이 환하게 비친 사래 긴 밭을 지나 소나무가 모여선 언덕 밑에 있는 조그마한 초가집 사립문으로 스러지자 '쿵' 하고 문을 열었다 닫는 소리가 나더니 이내 잠잠해집니다. 빨갛게 등잔불이 비친 창이 보일 뿐입니다.

나는 정신 잃은 사람처럼 한동안 우두커니 서 있었습니다. 소중한 것을 갑자기 잃어버린 듯도 했고, 머리를 문지방에 부딪친 사람처럼 멍하기도 했습니다. 그러면서도 지금까지 맛보지 못했던 말할 수 없는 기쁨을 맛본 듯했습니다.

그 후 나는 두 번 다시 그녀를 만나지 못한 채 동경으로 돌아가야 했습니다. 하지만 그 날의 기억만은 한동안 사라지지 않았습니다. 밤에 잠시 본 얼굴이라, 그 얼굴마저 확실히 생각나지 않는데도 말입니다. 그래도 그녀가 그리웠습니다. 그녀의 얼굴이 분명치 않았기 때문에 도리어 모든 아름다운 것을 다 그녀에게 집중할 수 있었습니다. 그래서 차디찬 하숙방에서 그녀를 생각하며 시간을 보내는 것이 그때 나의 일과 중 하나였습니다. 그러나 오 년이 지나고 육 년이 지나는 동안 그 일은 점점 잊히고 말았습니다. 다만, 가끔가다가,

"어디 장차?"

하고 달 아래서 분홍 치맛자락을 나풀나풀하던 기억만이 희미한 향기처럼 피어오를 뿐입니다. 그러나 그녀는 결코 나와 아무 상관이 없는 사람이 아닙니다. 전생의 전생부터 무슨 연분을 가진 사람임이 분명합니다. 비록 서너 시간 밖에 만난 일이 없지만 내게 큰 기쁨을 주었고, 내 어린 영혼을 흔들어 주었으며, 삼사 년 동안 내 외로운 영혼의 동무가 되어 주었고, 일생에 나의 가슴 속에 깨끗한 향내가 되어 두고두고 나의 일생을 향기롭게 하는 사람이 되었기 때문입니다. 이것이 어찌 인연이 아니겠습니까?

나는 이제 그녀와 만나기를 원하지 않습니다. 다만, 어린 시절 달빛 아래서 있었던 그녀와의 고운 추억만은 영원히 잊고 싶지 않습니다.

누구나 사랑 때문에 아파하고 설레었던 기억이 있다. 이를 해결하는 방법은 크게 두 가지다. 그대로 아파하고 설렘을 간직하거나 이를 해결하기 위해 직접 부딪히는 것이다. 하지만 일의 결과가 좋을 경우 그것이 아름다운 추억으로 남을 수 있는 반면, 그렇지 못할 경우에는 오히려 잊고 싶은 기분 나쁜 기억이 될 수도 있다.

사람의 인연이란 언제, 어디서, 어떻게 작용할지 누구도 알 수 없다. 인연이 있다면 누구도 그것을 막을 수 없기 때문이다. 그래서 아프고 미련이 남을지언정 그리워하고 설레는 마음을 간직한 채 사는 것도 좋지 않을까 라는 생각을 무시로 하곤 한다. 춘원의 말처럼 일생에 나의 가슴 속에 깨끗한 향내가 되어 두고두고 나의 일생을 향기롭게 할 수도 있기 때문이다.

에는 가을로 가득 차 있습니다~ 별 하나에 사랑과~ 별 하나에 쓸쓸함과~

Part 2

우리의 상처를 만져주는
따뜻한 세계가 있다면

푸른 돌을 얹은 지붕에
별빛이 내리면

푸른 돌을 얹은 지붕에 별빛이 내리면 한겨울에 장독 터지는 것 같은 소리가 납니다. 벌레 소리 역시 요란합니다. 가을이 엽서 한 장 적을 만큼 천천히 오기 때문입니다. 이런 때 무슨 재주로 광음(光陰)을 헤아리겠습니까?

1

향기로운 MJB(미국산 '커피' 상표)의 미각을 잊어버린 지도 이십여 일이나 되었습니다. 이곳은 신문도 잘 오지 않고, 체전부(우체부) 역시 간혹 '하도롱(hard-rolled paper, 다갈색 종이로 봉투나 포장지를 만듦)' 빛 소식을 가져올 뿐입니다.

거기에는 누에고치와 옥수수의 사연이 적혀 있습니다. 마을 사람들은 멀리 떨어져 사는 친척 때문에 걱정이 이만저만 한 것이 아닌가 봅니다. 나도 도시에 남기고 온 일이 걱정됩니다.

건너편 팔봉산에는 노루와 멧돼지가 산다고 합니다. 기우제를 지내던 개골창(수챗물이 흐르는 작은 도랑)까지 내려와서 가재를 잡아먹는

'곰'을 본 사람도 있답니다. 동물원에서밖에 볼 수 없는 동물들을 직접 봤다니, 놀라울 따름입니다. 산에 있는 동물을 사로잡아다가 동물원에 가둔 것이 결코 아닙니다. 그래서인지 동물원에 있는 동물을 산에다 풀어놓은 것만 같은 생각이 자꾸 듭니다.

달도 없는 그믐칠야(漆夜, 옻칠한 듯 어두운 밤)면 팔봉산도 사람이 침소에 들 듯 어둠 속으로 완전히 사라지고 맙니다. 하지만 공기는 수정처럼 맑고, 별빛만으로도 충분히 좋아하는 《누가복음》을 읽을 수 있습니다. 참별 역시 도시보다 갑절이나 더 많이 뜹니다. 너무 조용해서 별이 움직이는 소리가 들릴 것만 같습니다.

객줏집 방에는 석유 등잔을 켜놓습니다. 도시의 석간(夕刊)과 같은 그윽한 냄새가 소년 시절의 꿈을 부릅니다.

정형! 그런 석유 등잔 밑에서 밤이 깊도록 '호까'― 연초갑지(煙草匣紙, 담배를 싸는 종이)를 붙이던 생각이 납니다. 벼쨍이(베짱이)가 한 마리가 등잔에 올라앉더니, 연둣빛 색채로 혼곤한(정신이 흐릿하고 고달픈) 내 꿈에 영어 'T'자를 쓰고, 유(類) 다른 기억에다는 군데군데 '언더라인'을 그어 놓습니다. 이에 나는 슬퍼하는 것처럼 고개를 숙이고 도시의 여차장이 차표 찍는 소리와도 같은 그 음악을 가만히 듣습니다. 그러면 그것이 또 이발소 가위 소리와도 같아, 눈을 감고 가만히 그 소리를 들어봅니다. 그리고 비망록을 꺼내어 머룻빛 잉크로 산촌의 시정(詩情)을 기록하기 시작합니다.

그저께 신문을 찢어버린

때 묻은 흰나비

봉선화는 아름다운 애인의 귀처럼 생기고

귀에 보이는 지난날의 기사

얼마 후면 목이 마릅니다. 자리물 ─ 심해처럼 가라앉은 냉수를 마십니다. 석영질 광석 냄새가 나면서 폐부(肺腑)에 한란계(寒暖計, 온도계) 같은 길을 느낍니다. 백시 위에 싸늘한 곡선을 그리라면 그릴 수도 있을 것 같습니다.

푸른 돌을 얹은 지붕에 별빛이 내리면 한겨울에 장독 터지는 것 같은 소리가 납니다. 벌레 소리 역시 요란합니다. 가을이 엷서 한 장 적을 만큼 천천히 오기 때문입니다. 이런 때 무슨 재주로 광음(光陰, 시간의 흐름)을 헤아리겠습니까?

맥박소리가 방 안을 시계로 만들어버리고, 그 장침과 단침(시계의 두 바늘)의 나사못이 돌아가느라 양쪽 눈이 번갈아 간질간질합니다. 코로 기계기름 냄새가 드나듭니다. 석유 등잔 밑에서 졸음이 오는 기분입니다.

'파라마운트(미국의 영화 제작회사)' 상표처럼 생긴 도시 소녀가 나오는 꿈을 조금 꿉니다. 그러다가 도시에 남겨두고 온 가난한 식구들을 꿈에서 봅니다. 그들은 마치 사진 속의 포로처럼 나란히 늘어서 있습니다. 그리고 내게 걱정을 안깁니다. 그러면 그만 잠이 확 깨어버립니다.

차라리 죽어버릴까란 생각을 해봅니다. 벽의 못에 걸린 다 해어진 내

저고리를 쳐다봅니다. 그러고 보니, 그것은 서도천리(西道千里, 황해도와 평안도)를 나를 따라서 여기에 와 있습니다, 그려!

2

등잔 심지를 돋우고 불을 켠 후 비망록에 철필로 군청 빛 '모'를 심어갑니다. 불행한 인구가 그 위에 하나하나 탄생합니다. 조밀한 인구가—

'내일은 온종일 화초만 보고 탈지면(脫脂線)에다 '알코올'을 묻혀서 온갖 근심을 문지르리라'는 생각을 해봅니다. 너무나 꿈자리가 뒤숭숭해서 그렇습니다. 화초가 피어 만발하는 꿈, '그라비어'(Gravur, 사진 제판에 사용되는 인쇄법) 원색판 꿈, 그림책을 보듯이 즐겁게 꿈을 꾸고 싶습니다. 간단한 설명을 위해 상쾌한 시를 지어서 칠(七) '포인트' 활자로 배치하는 것도 좋을 것 같습니다.

도시에 화려한 고향이 있습니다. 활엽수만으로 된 산이 고향의 시각을 가려 버린 이 산촌에 팔봉산 허리를 넘는 철골전신주가 소식의 제목만을 부호로 전하는 것 같습니다.

아침에 볕에 시달려서 마당이 부스럭거리면 그 소리에 잠을 깹니다. 하루라는 '짐'이 마당에 가득한 가운데 새빨간 잠자리가 병균처럼 움직입니다.

잔 석유 등잔에 불이 아직 켜져 있습니다. 그 안에 사라진 밤의 흔적이 낡은 조끼 '단추'처럼 고스란히 남아 있습니다. 이는 어젯밤을 다시 방문

할 수 있는 '요비링(초인종)'입니다.

지난밤의 체온을 방 안에 내던진 채 마당으로 나갑니다. 마당 한 모퉁이에는 화단이 있습니다. 불타오르는 듯한 맨드라미꽃 그리고 봉선화. 지하에서 빨아올리는 이 화초들의 정열에 호흡이 부쩍 더워집니다. 여기 처녀들 손톱 끝에 물들일 봉선화 중에는 흰 것도 섞여 있습니다. 흰 봉선화도 붉게 물들까? ― 조금도 이상스러울 것 없이 흰 봉선화는 꼭두서니 빛으로 곱게 물들 것입니다.

수수깡 울타리에 '오렌지' 빛 여주가 열려, 강낭콩 넝쿨과 어우러져 '세피아' 빛을 배경으로 한 폭의 병풍을 연출합니다. 그 끝에는 노란 호박꽃이 피어 있는데, 소박하면서도 대담한 그 위로 '스파르타' 식 꿀벌이 한 마리 앉아 있습니다. 그것은 녹황색에 반영되어 '세실. B. 데밀(미국의 유명한 영화감독으로 〈십계〉, 〈삼손과 델릴라〉 등을 만듦)'의 영화처럼 화려하기만 합니다. 귀를 기울이면 '르네상스' 응접실에서 들리는 선풍기 소리가 납니다.

야채 '사라다(샐러드)'에 들어가는 '아스파라거스' 잎사귀 같은 화초가 있어, 객줏집 아이에게 물어봅니다.

"기상 꽃―기생화(妓生花)는 어떤 꽃이 피나?"

― 진홍 비단 꽃이 핀답니다.

조상들이 지정하지 아니한 '조 세트(우아한 여름 옷감)' 치마에 '웨스트민스터(영국 담배 이름)'를 감아놓은 것 같은 도시 기생의 아름다움을 떠올려 봅니다. 박하보다도 훈훈한 '리그래 츄잉껌(미국 껌 이름)' 냄새,

두꺼운 장부를 넘기는 듯한 그 입맛 다시는 소리— 그러나 여기에 필 기생 꽃은 분명히 혜원(화가 '신윤복'의 호)의 그림에서 본 것 같은— 혹은 우리가 어린 시절 봤던 인력거에서 홍일산(붉은색 양산)을 바쳐 쓰던 지난날 삽화 속의 기생일 것입니다.

청둥호박(겉이 단단하고 씨가 잘 여문 호박)이 열렸습니다. 호박꽃 자리에 무시루떡— 그 훅훅 끼치는 구수한 냄새를 좇아서 증조할아버지의 시골뜨기 망령은 정월 초하룻날 또는 한식날 우리를 찾아오는 것입니다. 그러나 저 국가 백 년의 기반을 생각하게 하는 넓적하고도 묵직한 안정감과 침착한 색채는 '럭비' 공을 안고 뛰는 이 '제너레이션(Generation)'의 젊은 용사의 굵직한 팔뚝을 기다리는 것 같습니다.

유자가 익으면 껍질이 벌어지면서 속이 삐져나온다고 합니다. 하나를 따서 실 끝에 매어서 방에다 걸어둡니다. 물방울 져서 떨어지는 풍염(豊艶, 얼굴 생김새가 살지고 아름다움)한 미각 밑에서 연필처럼 수척해져 가는 이 몸에도 조금씩 살이 오르는 것 같습니다. 그러나 이 채소도, 과일도 아닌 '유머러스'한 용적에는 아무런 향기도 없습니다. 세숫비누에 한 겹씩 한 겹씩 해소되는 도시의 육향(肉香)만이 방안을 배회할 뿐입니다.

3

팔봉산 올라가는 초경(草逕, 수풀로 덮인 지름길) 입구 모퉁이에 최

○○ 송덕비와 또 ○○○○ 아무개의 영세불망비(永世不忘妃)가 항공우편 '포스트'처럼 서 있습니다. 듣자하니, 그들은 아직 다들 생존해 있다고 합니다. 우습지 않습니까?

교회가 보고 싶었습니다. 그래서 '예루살렘' 성역으로부터 수만 리 떨어져 있는 이 마을의 농민들까지도 모두 사랑하는 신 앞으로 회개하게 하고 싶었습니다. 발길이 찬송가 소리 나는 곳으로 갑니다.

누군가 포플러나무 아래 '염소' 한 마리를 매어 놓았습니다. 구식으로 수염이 났습니다. 나는 그 앞에 가서 그 총녕한 농공을 들여다봅니다. '세룰 로이드'로 만든 정교한 구슬을 '오브라―드(oblato, 전분으로 만든 얇은 원형의 부편. 투명한 전분지)'로 싼 것 같이 맑고, 투명하고, 깨끗하고, 아름답습니다. 도색(桃色, 복숭아색) 눈자위가 움직이면서 내 삼정(三停, 머리와 이마의 경계 및 코끝과 턱 끝)과 오악(伍岳, 이마 · 코 · 턱 · 좌우 관골)이 고르지 못한 빈상(貧相, 가난한 관상)을 업신여기는 중입니다.

옥수수밭은 일대 관병식(觀兵式, 군대의 행진을 지켜보는 예식)입니다. 바람이 불면 갑주(甲胄, 갑옷과 투구) 부딪치는 소리가 우수수 납니다. '카―마인(carmine, 연지벌레에서 뽑아낸 홍색 물감)' 빛 꼬고마(군인이 벙거지에 꽂던 붉은 털)가 뒤로 휘면서 너울거립니다.

팔봉산에서 총소리가 들렸습니다. 장엄한 예포소리가 분명합니다. 그러나 그것은 내 곁에서 소조(小鳥, 작은 새)의 간을 떨어뜨린 공기총 소리였습니다. 그러면 옥수수 밭에서 백 · 황 · 흑 · 회, 또 백, 가지각색의 개가 퍽 여러 마리 열을 지어서 걸어 나옵니다. '센슈얼'한 계절의 흥분이 이 '코사크(Cossack, 카자흐의 영어식 이름)' 관병식을 한층 더 화려하게 합니다.

산삼이 풀어져 흐르는 시내의 징검다리 위에는 백채(白菜, 흰 채소) 씻은 자취가 남아 있습니다. 풋김치의 청신(淸新, 푸릇푸릇하고 풋풋한)한 미각이 안약 '스마일'을 연상시킵니다. 화성암으로 반들반들한 징검다리 위에 삐뚤어진 N자처럼 쪼그리고 앉아 있으면 물동이를 머리에 인 채 주저하는 두 젊은 새색시가 다가옵니다. 이에 미안해서 일어나기는 하지만 일부러 마주 보며 걸어가 그녀들과 스칩니다. '하도롱' 빛 피부에서 푸성귀(사람이 가꾼 채소나 저절로 난 나물 따위를 통틀어 이르는 말) 냄새가 납니다. '코코아' 빛 입술은 머루와 다래로 젖어 있습니다. 나를 쳐다보지 못하는 동공에는 정제된 창공이 '간쓰메(통조림)'가 되어 있습니다.

M 백화점 '미소노(1930년대 일제 화장품 이름)' 화장품 '스윗걸(Sweet girl)'이 신은 양말은 이 새색시들의 피부색과 똑같은 소맥(밀) 빛이었습니다. 삐뚜름하게 붙인 유선형 모자 고양이 배에 '화―스너(Fastener, 지퍼나 클립고 같이 분리된 것을 잠그는 데 쓰는 기구의 총칭)를 장치한 가벼운 '핸드백'― 이렇게 도시의 참신한 여성을 연상해 봅니다. 그리고 새벽 '아스팔트'를 구르는 창백한 공장 소녀들의 회충과도 같은 손가락을 떠올립니다. 이렇듯 온갖 계급의 도시 여인들의 연약한 피부를 통해 그네들의 육중한 삶을 느끼지 않습니까?

4

가난하지만 무명처럼 튼튼한 피부에는 오점이 없고, '츄잉껌', '초콜레이트' 대신 달짝지근한 꼬아리(꽈리)를 부는 이 숭굴숭굴한 시골 새색시들을 나는 더 알고 싶습니다. 축복해주고 싶습니다.

교회는 보이지 않습니다. 도시 사람들의 교활한 시선이 수줍어서 수풀 사이로 숨어버리고 종소리의 여운만이 근처에 냄새처럼 남아서 배회하고 있습니다. 혹 그것은 안식을 잃은 내 영혼이 들은바, 환청에 지나지 않았는지도 모릅니다.

조밭 한복판에 높은 뽕나무가 있습니다. 뽕 따는 새색시가 전공부(電工夫, 전기기사)처럼 나무 위에 높이 올랐습니다. 거기에는 순백의 가장 탐스러운 과일이 열려 있습니다. 두 명은 나무에 오르고, 한 명은 나무 아래서 다랭이(대야)를 채우고 있습니다. 한두 잎만 따도 다랭이가 철철 넘치는 민요의 무대면(舞臺面, 무대 위에 나타나는 장면이나 정경)입니다.

조 이삭은 모두 말라 죽었습니다. '코르크'처럼 가벼운 이삭이 근심스럽게 고개를 숙였습니다. 오— 비야, 좀 오려무나.

해면처럼 물을 빨아들이고 싶어 죽겠습니다. 그러나 하늘은 구름 한 점 없이 푸르고, 맑으며, 부숭부숭(핏기 없이 조금 부은 듯한 모양)할 뿐입니다. 마치 깊지 않은 뿌리의 SOS 암반 아래를 흐르는 지하수에 다다를 지경입니다.

두 소년이 고무신을 벗어들고 시냇물에 발을 담궈 고기를 잡습니다. 지상의 원한이 스며 흐르는 정맥— 그 불길하고 독한 물에 어떤 어족이 살고 있는지— 시내는 대지의 신열을 뚫고 벌판이 기울어진 방향으로 흐르고 있습니다. 그것은 가을의 풍설(風說, 바람처럼 떠도는 소문)입니다.

혹시 가을이 올 터인데, 와도 좋으냐?고 쏘근쏘근(소곤소곤)하지 않습니까? 조 이삭이 초례청(醮禮廳, 초례를 치르는 장소) 신부가 절할 때 나는 소리처럼 부스스— 구깁니다. 노회한 바람이 조 이파리에 난숙(欄熟, 너무 익음)을 최촉(催促, 재촉)하는 것입니다. 하지만 조의 마음은 푸르고 초조하며 어릴 뿐입니다.

조밭을 어지럽힌 사람은 누구일까요? — 기왕 한 될 조여든— 그런 마음으로 그랬을까요? 몹시도 어지럽혀 놓았습니다. 누에— 호호(戶戶, 집집)에 누에가 있습니다. 조 이삭보다도 굵직한 누에가 삽시간에 뽕잎을 먹습니다. 이 건강한 미각은 왕후와 같이 존경스러우며 치사(侈奢, 사치와 같은 말)합니다.

새색시들은 뽕 심부름하는 것으로 마지막 영광을 삼습니다. 그러나 뽕이 떨어졌습니다. 온갖 폐백이 동난 것처럼 새색시들의 정열 역시 빛이 바랩니다. 어둠을 틈타 새색시들은 경장(輕裝, 가벼운 옷차림)으로 나섭니다. 얼굴의 홍조가 가리키는 방향으로— 뽕나무에 우승컵이 놓여 있습니다. 그리로만 가면 되는 것입니다.

조밭을 짓밟습니다. 자외선에 맛있게 불태운 새색시들의 발이 그대로 조 이삭을 밟고 '스크럼(Srcum)'을 짭니다. 그리하여 하늘에 닿을 지성이 천고마비 잠실(누에가 있는 방) 안에 있는 성스러운 귀족 가축들을 살찌게 하는 것입니다. '콜레트 부인(프랑스의 여류 소설가)'의 〈빈묘(牝猫), 암고양이〉을 생각하게 하는 말캉말캉한 '로맨스'입니다.

5

간이학교 곁집 길가에서 들여다보이는 방 안에서 누에 틀 소리가 납니다. 편발처녀(머리를 땋아 내린 처녀)가 맨발로 기계를 건드리고 있습니다. 기계는 허리를 스치는 가느다란 실이 간시럽다는 듯이 깔깔거리며 웃고 있습니다. 웃으며, 지근대며 명산 ○○ 명주가 짜여 나오니, 열댓 자 수건이 성묘 갈 때 입을 때때옷을 만들고, 시집살이 설움을 씻어주며, 또 꿈과 꿈을 말소하는 쓰레받기도 되고ー 이렇게 실없는 내 환희입니다.

담뱃가게 곁방 안에 황혼을 미리 가져다 놓았습니다. 침침한 몇 '가론(Gallon)'의 공기 속에 생생한 침엽수가 울창합니다. 황혼에만 사는 이민 같은 이국 초목에는 순백의 갸름한 열매가 무수히 열렸습니다. 고치ー 귀화한 '마리아'들이 최신 지혜의 과일을 단려(端麗, 단정하고 아름다운)한 맵시로 따고 있습니다. 그 아들의 불행한 최후를 슬퍼하며 '크리스마스트리'를 헐어 들어가는 '피에다(Pieta, 예수의 시체를 안고 슬퍼하는 마리아상) 화폭 전도입니다.

학교 마당에는 '코스모스'가 피어 있고 생도들은 글을 배우고 있습니다. 그들은 열심히 간단한 산술을 놓아 그들의 정직과 순박함을 지혜와 교활로 환산하고 있습니다. 탄식할 이식산(利息算, 이자 계산)이 아니고 무엇이겠습니까?

족보를 찢어 버린 것과 같은 흰 나비 두어 마리가 분필 냄새 나는 화단 위에서 번복(飜覆, 고치거나 바꾸는 일)이 무상합니다. 또 연식 '테니스' 공의 마개 뽑는 소리가 음향의 흔적이 되어서는 등고선의 각 점 모양으로 남아 있는 것 같습니다. 이 마당에서 오늘 밤에 금융조합 선전 활동사진회가 열립니다. 활동사진? 세기의 총아— 온갖 예술 위에 군림하는 '넘버' 제8 예술의 승리. 그 고답적이고도 탕아적인 매력을 무엇에다 비하겠습니까? 그러나 이곳 주민들은 활동사진에 대해서 한낱 동화적인 꿈을 갖고 있습니다. 그림이 움직일 수 있는 이것은 홍모(紅毛, 붉은 머리) 오랑캐의 요술을 배워 온 것입니다. 참으로 부러운 재주입니다.

활동사진을 보고 난 다음에 맛보는 담백한 허무— 장주(莊周, 장자)의 호접몽이 이랬을 것입니다. 나의 동글납작한 머리가 그대로 '카메라'가 되어 피곤한 '더블렌즈(Double lens)'로 나마 몇 번이나 이 옥수수가 무르익어가는 초추(初秋, 초가을)의 정경을 촬영하고 영사하였던가? — '플래시백(Flashback, 영화에서 과거를 회상하는 장면)'으로 흐르는 엷은 애수— 도시에 남아 있는 몇몇 고독한 '팬'에게 보내는 단장(斷腸, 애를 끊는)의 '스틸(Still, 영화 장면을 사진기로 찍어 확대 인화한 사진)'입니다.

6

밤이 되었습니다. 초열흘 가까운 달이 초저녁이 조금 지나면 나옵니다. 마당에 멍석을 펴고 전설 같은 시민이 모여듭니다. 축음기 앞에서 고개를 갸웃거리는 북극 '펭귄'들과 무엇이 다르겠습니까. 짧고 기다란 삶을 적어 내려갈 편전지(便箋紙, 편지지)― '스크린'이 박모(薄暮, 땅거미) 속에서 '바이오그래피(Biography, 전기)'의 예비표정입니다. 내가 있는 건너편 객줏집에 든 도시풍 여인도 왔나 봅니다. 사투리의 합창이 마당 안에서 들립니다.

자, 이제 시작되었습니다.

부산 잔교(棧橋, 부두에서 선박에 걸쳐놓아 화물을 싣고 부리거나 선객이 오르내리게 된 다리)가 나타납니다. 평양 모란봉도 보이네요. 압록강 철교도 보입니다. 하지만 박수갈채를 받은 명감독의 얼굴이 보이지 않습니다.

십분 휴식시간에 조합 이사의 통역이 있었습니다. 달은 구름 속에 있습니다. 금연―이라는 느낌입니다. 통역하는 이사 얼굴에 전등의 '스포트라이트(Spotlight)'도 비쳤습니다. 산천초목이 모두 경동할 일입니다. 전등― 이곳 촌민들은 OO 행 자동차 '헤드라이트' 외에 전등을 본 일이 결코 없습니다. 그 눈부시게 밝은 광선속에서 창백한 이사는 강단(降壇, 단상에서 내려옴)하였습니다. 우매한 백성들은 이사의 통역에 단 한 사람도 박수를 치지 않았습니다. ― 물론 나 역시 그 우매한 백성 중 하나일 수밖에 없었습니다만―

밤 열한 시가 지나자, 영화감상은 '해피엔드'로 끝이 났습니다. 조합원과 영사기사는 단 하나밖에 없는 음식점에서 위로회를 열었습니다. 나는 객사로 돌아와서 죽어가는 등잔 심지를 돋우고 독서를 시작했습니다. 이웃 방에 묵고 있는 노신사께서 내 게으름과 우울을 훈계하는 뜻으로 빌려주신 것으로, 고우다 로한(辛田露伴) 박사가 지은 《人의 道》라는 진서(珍書, 귀중한 책)입니다.

멀리서 개소리가 끊임없이 들려옵니다. 그윽한 '하이칼라' 방향(芳香, 꽃다운 향기, 좋은 냄새)을 못 잊는 사람들이 아직 헤어지지 않았나 봅니다. 구름이 걷히고 달이 나왔습니다. 벌레 소리가 마치 무도회의 창문이라도 열어놓은 것처럼 요란스럽기 그지없습니다.

알지도 못하는 낯선 이를 사모하는 도회인적인 향수가 있습니다. 신간 잡지의 표지처럼 신선한 여인들— '넥타이'와 동갑인 신사들, 그리고 창백한 여러 친구— 나를 기다리지 않는 고향— 도시에 내 나체의 말을 번역해서 보내주고 싶습니다. 잠— 성경을 채자(探字, 좋은 글을 가려 뽑음) 하다가 엎질러 버린 인쇄 직공이 아무렇게나 주워 담은 지리멸렬한 활자의 꿈. 나도 갈가리 찢어진 사도가 되어서 세 번 아니라 열 번이라도 굵은 가족을 모른다고 하렵니다.

근심이 나를 제외한 세상보다도 훨씬 큽니다. 갑문(閘門, 수문)을 열면 폐허가 된 이 육신으로 근심의 조수가 스며들어 올 것입니다. 그러나 나는 나의 '메소이스트' 병마개를 아직 뽑지 않으렵니다. 근심은 나를 싸고 돌며, 그러는 동안 이 육신은 풍마우세(風磨雨洗, 바람에 닦이고 비에 씻겨나감)로 저절로 다 말라 없어지고 말 것이기 때문입니다.

밤의 슬픈 공기를 원고지 위에 깔고 얼굴 창백한 친구에게 편지를 씁니다. 그 속에 내 부고(訃告, 죽음을 알림)도 동봉하였습니다.

이상의 글 중 가장 아름다운 작품으로 꼽히는 이 글은 폐병으로 인해 몸이 쇠약해진 그가 요양차 친구의 고향인 평안북도 성천에서 머물렀던 한 달 동안의 경험을 바탕으로 쓴 것이다. 1935년 9월 27일부터 10월 11일까지 《매일신보》에 연재되었으며, 궁벽한 산촌의 하루를 수채화처럼 아름답고 경쾌하게 그렸다는 평가를 받았다. 특히 정감 어린 시골 풍경을 전혀 어울릴 것 같지 않은 이국적인 단어들을 통해 표현함으로써 새로운 이미지를 창출해 글을 읽는 즐거움을 더하고 있다. 반면, 똑같은 곳에서의 생활을 담은 〈권태〉의 경우에는 같은 경험임에도 지독한 허무와 우울, 권태, 도피의식을 담고 있다.

이글에 나오는 '정형'이라는 사람은 소설가 정인택으로 추정되고 있다. 사실 이상과 정인택은 권순옥이라는 여자를 두고 삼각관계에 놓인 적이 있는데, 후에 이상의 사회로 두 사람이 파격적인 결혼식을 올려 화제가 되기도 했다. 단편소설 〈환시기〉의 삼각관계 주인공이 바로 그들이다.

이상의 말마따나 가을이 엽서 한 장 적을 만큼 천천히 오고 있다. 하지만 우리 같은 필부들이 무슨 재주로 시간의 흐름을 헤아리겠는가. 그저 그 안에서 삶을 즐길 수밖에.

없는 듯 있는 하루살이처럼
허공에 부유하는 한 점

나는 도무지 자유스럽지 못하다. 다만, 나는 없는 듯 있는 하루살이처럼 허공에 부유(浮遊)하는 한 점에 지나지 않는다. …… (중략) …… 어디로 가야 하느냐, 동이 어디냐, 서가 어디냐, 남이 어디냐, 북이 어디냐. 아차! 저 별이 번쩍 흐른다. 별똥 떨어진 데가 내가 갈 곳인가 보다. 하면 별똥아! 꼭 떨어져야 할 곳에 떨어져야 한다.

밤이다.

하늘은 푸르다 못해 농회색으로 캄캄하나 별들만은 또렷또렷 빛난다. 침침한 어둠뿐만 아니라 오싹오싹 춥다. 이 육중한 기류 가운데 자조(自嘲)하는 한 젊은이가 있다. 그를 '나'라고 불러두자.

나는 이 어둠에서 배태(胚胎)되고, 이 어둠에서 생장(生長)하여서 아직도 이 어둠 속에 그대로 생존하나 보다. 내가 갈 곳이 어딘지 몰라 허우적거리는 것이다. 하기야, 나는 세기의 초점인 듯 초췌하다. 얼핏 생각하면 내 바닥을 반듯이 받들어주는 것도 없고, 그렇다고 내 머리를 갑자기 내리누르는 아무것도 없는 듯하다. 하지만 내막(內幕, 속사정)은 그렇지도 않다. 나는 도무지 자유스럽지 못하다. 다만, 나는 없는 듯 있는 하루살이처럼 허공에 부유(浮遊)하는 한 점에 지나지 않는다. 이것이 하루살이처럼 경쾌하다면 마침 다행(多幸)할 것인데 그렇지를 못하구나!

이 점의 대칭 위치에 또 다른 밝음의 초점이 도사리고 있는 듯 생각된다. 덥석 움키었으면 잡힐 듯도 하다. 마는(그러나) 그것을 휘어잡기에는 나 자신이 둔질이라는 것보다 오히려 내 마음에 아무런 준비도 배포치 못한 것이 아니냐. 그러고 보니 행복이란 별스런 손님을 불러들이기에도 또 다른 한 가닥 구실을 치르지 않으면 안 될까 보다.

이 밤에 나에게 있어 어릴 적처럼 한낱 공포의 장막인 것은 벌써 흘러간 전설이오. 따라서 이 밤이 향락의 도가니라는 이야기도 나의 염원에선 아직 소화시키지 못할 돌덩이다. 오로지 밤은 나의 도전의 호적이면 그만이다. 이것이 생생한 관념세계에만 머무른다면 애석한 일이다. 어둠 속에 깜박깜박 졸며 다닥다닥 나란히 한 초가들이 아름다운 시의 화사(華詞)가 될 수 있다는 것은 벌써 지나간 제너레이션(세대)의 이야기요, 오늘에 있어서는 다만 말 못하는 비극의 배경이다.

이제 닭이 홰를 치면서 맵짠(맵고 짠) 울음을 뽑아 밤을 쫓고 어둠을 내몰아 동쪽으로 훤히 새벽이란 새로운 손님을 불러온다 하자. 하나 경망스럽게 그리 반가워할 것은 없다. 보아라, 가령, 새벽이 왔다 하더라도 이 마을은 그대로 암담하고, 나도 그대로 암담하고 하여서 너나 나나 이 가장자리 길에서 주저주저 아니하지 못할 존재들이 아니냐.

나무가 있다. 그는 나의 오랜 이웃이요, 벗이다. 그렇다고 그와 내가 성격이나, 환경이나, 생활이 공통한 데가 있는 것은 아니다. 말하자면 극단과 극단 사이에도 애정이 관통할 수 있다는 기적적인 교분의 표본에 지나지 못할 것이다.

　나는 처음 그를 퍽 불행한 존재로 가소롭게 여겼다. 그의 앞에 설 때 슬퍼지고 측은한 마음이 앞을 가리곤 하였다. 마는 돌이켜 생각건대 나무처럼 행복한 생물은 다시없을 듯하다. 굳음에는 이루 비길 데 없는 바위에도 그리 탐탁지는 못할망정 자양분이 있다 하거늘 어디로 간들 생의 뿌리를 박지 못하며, 어디로 간들 생활의 불평이 있을쏘냐. 칙칙하면 솔솔 솔바람이 불어오고, 심심하면 새가 와서 노래를 부르다 가고, 출출하면 한 줄기 비가 오고, 밤이면 수많은 별들과 오순도순 이야기할 수 있고― 보다 나무는 행동의 방향이란 거추장스러운 과제에 봉착하지 않고, 인위적으로든, 우연으로든 탄생시켜준 자리를 지켜 무진무궁한 영양소를 흡취하고, 영롱한 햇빛을 받아들여 손쉽게 생활을 영위하고, 오로지 하늘만 바라고 뻗어질 수 있는 것이 무엇보다 행복하지 않으냐.

　이 밤도 과제를 풀지 못하여 안타까운 나의 마음에 나무의 마음이 점점 옮아오는 듯하고, 행동할 수 있는 자랑을 자랑치 못함에 뼈저리는 듯하나 나의 젊은 선배의 웅변 왈, 선배도 믿지 못할 것이라니, 그러면 영리한 나무에게 나의 방향을 물어야 할 것인가.

　어디로 가야 하느냐. 동이 어디냐, 서가 어디냐, 남이 어디냐, 북이 어디냐. 아차! 저 별이 번쩍 흐른다. 별똥 떨어진 데가 내가 갈 곳인가 보다. 하면 별똥아! 꼭 떨어져야 할 곳에 떨어져야 한다.

1941년 12월 말 졸업식을 치른 윤동주는 다음 해 1월 29일 일본 도항증명서(유학 비자)서를 신청하기 위해 어쩔 수 없이 창씨개명을 해야 했다. 19편의 시를 묶은《하늘과 바람과 별과 시》를 졸업 기념으로 출간하려고 했지만 여의치 않자 이를 포기하고 일본 유학을 결심했기 때문이다. 그러나 그에게 있어 이런 선택은 부끄럽고 괴로운 것이었다. 그가 느꼈을 참담함을 어찌 말로 다 할 수 있으랴만, 그는 이런 참담한 심정을 〈참회록〉에 고스란히 담았다.

파란 녹이 낀 구리거울 속에
내 얼굴이 남아 있는 것은
어느 왕조의 유물이기에
이다지도 욕될까.

나는 나의 참회(懺悔)의 글을 한 줄에 줄이자.
―만(滿) 이십사 년 일 개월을
무슨 기쁨을 바라 살아왔던가.

내일이나 모레나 그 어느 즐거운 날에

나는 또 한 줄의 참회록(懺悔錄)을 써야 한다.
―그때 그 젊은 나이에
왜 그런 부끄런 고백(告白)을 했던가.

밤이면 밤마다 나의 거울을
손바닥으로 발바닥으로 닦아 보자.

그러면 어느 운석(隕石) 밑으로 홀로 걸어가는
슬픈 사람의 뒷모양이
거울 속에 나타나온다.

끊임없이 자신을 반성하고 성찰하는 한 인간의 내면을 정직하게 보여주는 이 작품은 그가 창씨개명에 대해 얼마나 부끄러워하고 괴로워했는지 보여준다. 그래서 그는 자신의 가야 할 길을 자신에게 끊임없이 물었던 것이 아닐까.

매일 태양과 바다와 더불어
결혼식을 올렸다

태양은 빈틈없이 전신을 쪼여주고, 바다 또한 전신을 속속들이 안아주었다. 그런 까닭에 태양도, 바다도 나의 육체의 비밀을 샅샅이 알고 있다. 그렇다고 해서 부끄러울 건 전혀 없다. 태양과 결혼할 때면 온순한 신부요, 바다와 결혼할 때면 멋진 신랑이 되기 때문이다.

인천이나 송도원, 주을(朱乙, 함경북도 경성 남쪽에 있는 읍. 온천으로 유명함) 산협(山峽, 산속 골짜기)에도 이야기는 많다. 하지만 누군가는 반드시 그곳 이야기를 쓸 것 같기에 비교적 알려지지 않은, 그러나 내게는 친숙하기 그지없는 독진해변(獨津海邊, 함경북도 독진에 있는 해변. 한반도 최북단의 동해 바다가 한 눈에 펼쳐지는 곳으로 유명함) 이야기를 쓰는 것이 적당하리라.

독진해변은 내게 있어 단순한 피서지가 아니다. 그도 그럴 것이 봄, 가을은 물론 겨울에도 마음만 먹으면 쉽게 찾아갈 수 있을 만큼 정이 든 곳이기 때문이다. ─사실 바다에 대한 나의 모든 감정과 생각은 이곳에서 태어나고 자라났다고 해도 과언은 아니다.

내게 있어 독진해변은 번잡하고 화려하지는 않지만 맑고 조촐한 그래서 더 값진 순결한 처녀지와도 같은 곳이다.

장개 고개 너머 아늑한 모래밭에는 제철이면 해수욕을 즐기려는 사람들이 물개 떼처럼 지천으로 몰려와 와글와글 들끓는다. 그러나 고개 반대쪽은 다르다. 맑은 모래가 5리에 걸쳐 있는 그곳은 해 질 무렵이면, 자디잔 새우 무리가 뛰어 올라올 뿐, 사람의 발자취라곤 찾아볼 수 없다.

내가 즐겨 찾는 곳은 물론 그곳이다. 손수 만든 밤샌드위치(학교 농장에는 밤이 흔했다)와 식지 않는 물통에 넣은 뜨거운 커피는 날마다 먹어도 결코 싫증이 나지 않았다. 그것만 있으면 해변의 하루는 언제나 즐거웠다. 더욱이 그곳에는 입맛을 돋우는 해초가 가득했다. 또 포구에서 들려오는 뱃소리가 심장의 장단을 맞춰주고, 기선(증기기관의 동력으로 움직이는 배)의 기적이 꿈을 빚어준다. 그 때문에 타고르(인도의 유명한 시인)처럼 종이배를 만들어 그 속에 이름을 적은 후 어디론가 띄워 보내고 싶은 생각도 들곤 했다.

중요한 것은 그곳에서는 다른 해수욕장처럼 귀찮게 수영복을 입을 필요가 없다는 것이다. 실오라기 하나 걸치지 않고 유유자적하게 백사장을 거닐 수 있을 뿐만 아니라 즐겁게 수영을 즐기면서 무료하지 않게 시간을 보낼 수 있다.

나는 원시적 자태로 처녀 해변에서 매일 태양과 바다와 더불어 결혼식을 올렸다. — 태양은 빈틈없이 전신을 쪼여주고, 바다 또한 전신을 속속들이 안아주었다. 그런 까닭에 태양도, 바다도 나의 육체의 비밀을 샅샅이 알고 있다. 그렇다고 해서 부끄러울 건 전혀 없다. 태양과 결혼할 때면 온순한 신부요, 바다와 결혼할 때면 멋진 신랑이 되기 때문이다. 하지만 이는 당치도 않은 말일지도 모른다. 바다와 결혼할 때도 나는 역시 한 사람의 연약한 신부에 지나지 않기 때문이다. 그런데도 나는 날마다 결혼하는 재미로 그 처녀 해변을 무한히 사랑하였다.

이효석은 알아주는 모던보이였다. 그는 코피를 쏟아가며 글을 쓰면서도 겨울에 스키를 타러 갈 계획을 세웠는가 하면, 원두커피 한 잔을 즐기기 위해 10리 길을 걸어 다방에 가고, 재직하던 학교 교무실 한쪽 구석에서 베토벤에 심취하기도 했다. 또 밤이면 위스키를 마시며 클래식 기타를 연주했고, 기르던 고양이가 죽은 날에는 눈물을 흘리며 고양이의 영혼을 위로했다.

36세의 젊은 나이에 결핵성 뇌막염으로 타계한 그는 늘 병약했다. 그래서 바다를 자주 찾았고, 강렬한 태양과 파도의 생명력을 느낄 수 있는 바다를 사랑했다. 하지만 그가 살았던 시기는 암울한 일제 강점기로 그와 같은 감성적인 글을 쓰는 사람에게 절대 관대하지만은 않았다. 그 때문에 그는 시대정신과는 동떨어졌다는 비판의 도마 위에 오르기도 했다. 그러나 병약하고 소심한 그에게 있어 역사는 무겁고 힘든 것이었는지도 모른다.

이성은 투명하되 얼음과 같으며,
지혜는 날카로우나 갑 속에 든 칼이다

청춘! 너의 두 손을 가슴에 대고, 물방아 같은 심장의 고동(鼓動)을 들어 보라. 청춘의 피는 끓는다. 끓는 피에 뛰노는 심장은 거선(巨船)의 기관(氣罐)과 같이 힘이 있다. …… (중략) …… 이성은 투명하되 얼음과 같으며, 지혜는 날카로우나 갑 속에 든 칼이다. 청춘의 끓는 피가 아니라면, 인간이 얼마나 쓸쓸하랴?

청춘(靑春)! 이는 듣기만 하여도 가슴이 설레는 말이다.

청춘! 너의 두 손을 가슴에 대고, 물방아 같은 심장의 고동(鼓動)을 들어 보라. 청춘의 피는 끓는다. 끓는 피에 뛰노는 심장은 거선(巨船)의 기관(氣罐)과 같이 힘이 있다. 이것이다. 인류의 역사를 꾸며 내려온 동력은 바로 이것이다. 이성은 투명하되 얼음과 같으며, 지혜는 날카로우나 갑 속에 든 칼이다. 청춘의 끓는 피가 아니라면, 인간이 얼마나 쓸쓸하랴? 얼음에 싸인 만물은 얼음이 있을 뿐이다.

그들에게 생명을 불어넣는 것은 따뜻한 봄바람이다. 풀밭에 속잎 나고, 가지에 싹이 트고, 꽃 피고, 새 우는 봄날의 천지는 얼마나 기쁘며, 얼마나 아름다우냐? 이것을 얼음 속에서 불러내는 것이 따뜻한 봄바람이다. 인생에 따뜻한 봄바람을 불어 보내는 것은 청춘의 끓는 피다. 청춘의 피가 뜨거운지라, 인간의 동산에는 사랑의 풀이 돋고, 이상의 꽃이 피고, 희망의 놀이 뜨고, 열락(悅樂)의 새가 운다.

사랑의 풀이 없으면 인간은 사막이다. 오아시스도 없는 사막이다. 보이는 끝까지 찾아다녀도, 목숨이 있는 때까지 방황하여도, 보이는 것은 거친 모래뿐일 것이다. 이상의 꽃이 없으면, 쓸쓸한 인간에 남는 것은 영락(零落)과 부패(腐敗)뿐이다. 낙원을 장식하는 천자만홍(千紫萬紅)이 어디 있으며, 인생을 풍부하게 하는 온갖 과실이 어디 있으랴?

이상! 우리의 청춘이 가장 많이 품고 있는 이상! 이것이야말로 무한한 가치를 가진 것이다. 사람은 크고 작고 간에 이상이 있음으로써 용감하고 굳세게 살 수 있는 것이다. 석가는 무엇을 위하여 설산(雪山)에서 고행하였으며, 예수는 무엇을 위하여 광야에서 방황하였으며, 공자는 무엇을 위하여 천하를 철환(轍環) 하였는가? 밥을 위하여서, 옷을 위하여서, 미인을 구하기 위하여서 그리하였는가? 아니다. 그들은 커다란 이상, 곧 만천하의 대중을 품에 안고, 그들에게 밝은 길을 찾아주며, 그들을 행복스럽고 평화스러운 곳으로 인도하겠다는 커다란 이상을 품었기 때문이다. 그러므로 그들은 길지 아니한 목숨을 사는가 싶이 살았으며, 그들의 그림자는 천고에 사라지지 않는 것이다. 이것은 현저하게 일월과 같은 예가 되려니와, 그와 같지 못하다 할지라도 창공에 반짝이는 뭇 별과 같이, 산야에 피어나는 군영(群英)과 같이, 이상은 실로 인간의 부패를 방지하는 소금이라 할지니, 인생에 가치를 주는 원질(原質)이 되는 것이다.

그들은 앞이 긴지라 착목(着目)하는 곳이 원대하고, 그들은 피가 더운

지라 실현에 대한 자신과 용기가 있다. 그러므로 그들은 이상의 보배를 능히 품으며, 그들의 이상은 아름답고 소담스러운 열매를 맺어, 우리 인생을 풍부하게 하는 것이다.

보라, 청춘을! 그들의 몸이 얼마나 튼튼하며, 그들의 피부가 얼마나 생생하며, 그들의 눈에 무엇이 타오르고 있는가? 우리 눈이 그것을 보는 때에, 우리의 귀는 생의 찬미를 듣는다. 그것은 웅대한 관현악이며, 미묘한 교향악이다. 뼈끝에 스며들어 가는 열락(기쁨과 즐거움)의 소리다. 이것은 피어나기 전인 유소년에게서 구하지 못할 바이며, 시들어 가는 노년에게서 구하지 못할 바이며, 오직 우리 청춘에서만 구할 수 있는 것이다.

청춘은 인생의 황금시대다. 우리는 이 황금시대의 가치를 충분히 발휘하기 위하여, 이 황금시대를 영원히 붙잡아 두기 위하여, 힘차게 노래하며, 힘차게 약동하자.

청춘의 소중함을 일깨워주고 앞으로 다가올 삶을 열정으로 대하도록 자극할 뿐만 아니라 우리 말과 글의 아름다움을 흠뻑 느끼도록 해준 이 수필을 많은 이가 기억하고 있을 것이다. 그도 그럴 것이 이 작품은 중학교 국어 교과서에 오랫동안 수록되어 있어 모르는 이가 없을 만큼 국민수필 반열에 올라 있다.

누구에게나 청춘은 아름답다. 그것 하나만 있으면 두려울 게 없다. 하지만 각박한 현대사회를 살아가는 우리네 청춘들 역시 마냥 행복하기만 할까. 돈에 치이고, 취업에 치이고, 사람에 치이는 그들에게 청춘은 과연 무슨 의미일까.

이에 대해 작가는 이렇게 말하고 있다.

"그들에게 생명을 불어넣는 것은 따뜻한 봄바람이다. 풀밭에 속잎 나고, 가지에 싹이 트고, 꽃 피고 새 우는 봄날의 천지는 얼마나 기쁘며, 얼마나 아름다우냐? 이것을 얼음 속에서 불러내는 것이 따뜻한 봄바람이다."

낙엽 타는 냄새같이 좋은 것이 있을까

낙엽 타는 냄새같이 좋은 것이 있을까. 갓 볶아낸 커피의 냄새가 난다. 잘 익은 개암 냄새가 난다. 갈퀴를 손에 들고는 어느 때까지든지 연기 속에 우뚝 서서 타서 흩어지는 낙엽의 산더미를 바라보며 향기로운 냄새를 맡고 있노라면 별안간 맹렬한 생활의 의욕을 느끼게 된다.

가을이 깊어지면 나는 거의 매일 같이 뜰의 낙엽을 긁어모으지 않으면 안 된다. 날마다 하는 일이건만, 낙엽은 어느덧 날고 떨어져서 또다시 쌓이는 것이다. 낙엽이란 참으로 이 세상 사람의 수효보다도 많은가 보다. 삼십여 평에 차지 못하는 뜰이건만, 날마다 시중이 조련치 않다. 벚나무, 능금나무……. 제일 귀찮은 것이 벽의 담쟁이다. 담쟁이란 여름 한철 벽을 온통 둘러싸고 지붕과 연돌(煙突)의 붉은 빛만 남기고 집 안을 통째로 초록의 세상으로 변해줄 때가 아름다운 것이지, 잎을 다 떨어뜨리고 앙상하게 드러난 벽에 메마른 줄기를 그물같이 둘러칠 때쯤에는 벌써 다시 지릅떠볼 값조차 없는 것이다. 귀찮은 것이 그 낙엽이다. 가령, 벚나무 잎같이 신선하게 단풍이 드는 것도 아니요, 처음부터 칙칙한 색으로 물들어 재치 없는 그 넓은 잎이 지름길 위에 떨어져 비라도 맞고 나면 지저분하게 흙 속에 묻히는 까닭에 아무래도 날아 떨어지는 족족 그 뒷시중을 해야 한다.

벚나무 아래에 긁어모은 낙엽의 산더미를 모으고 불을 붙이면 속의 것부터 푸슥푸슥 타기 시작해서 가는 연기가 피어오르고, 바람이 없는 날이면 그 연기가 낮게 드리워서 어느덧 뜰 안에 가득히 담겨진다.

낙엽 타는 냄새같이 좋은 것이 있을까. 갓 볶아낸 커피의 냄새가 난다. 잘 익은 개암 냄새가 난다. 갈퀴를 손에 들고는 어느 때까지든지 연기 속에 우뚝 서서 타서 흩어지는 낙엽의 산더미를 바라보며 향기로운 냄새를 맡고 있노라면 별안간 맹렬한 생활의 의욕을 느끼게 된다. 연기는 몸에 배서 어느 결에 옷자락과 손등에서도 냄새가 나게 된다.

나는 그 냄새를 한없이 사랑하면서 즐거운 생활감에 잠겨서는 새삼스럽게 생활의 제목을 진귀한 것으로 머릿속에 떠올린다. 음영(陰影)과 윤택(潤澤)과 색채(色彩)가 빈곤해지고 초록이 자취를 감추어 버린, 꿈을 잃은 헌칠한 뜰 복판에 서서 꿈의 껍질인 낙엽을 태우면서 오로지 생활의 상념에 잠기는 것이다. 가난한 벌거숭이의 뜰은 벌써 꿈을 매이기에는 적당하지 않은 탓일까. 화려한 초록의 기억은 참으로 멀리 까마득하게 사라져 버렸다. 벌써 추억에 잠기고 감상에 젖어서는 안 된다.

가을이다. 가을은 생활의 시절이다. 나는 화단의 뒷바라지를 깊게 파고 다 타버린 낙엽의 재를—죽어버린 꿈의 시체를—땅속 깊이 파묻고 엄연한 생활의 자세로 돌아서지 않으면 안 된다. 이야기 속의 소년같이 용감해지지 않으면 안 된다. 전에 없이 손수 목욕물을 긷고 혼자 불을 지

피게 되는 것도 물론 이런 감격에서부터이다. 호스로 목욕통에 물을 대는 것도 즐겁거니와 고생스럽게 눈물을 흘리면서 조그만 아궁이로 나무를 태우는 것도 기쁘다. 어두컴컴한 부엌에 웅크리고 앉아서 새빨갛게 피어오르는 불꽃을 어린아이의 감동을 가지고 바라본다. 어둠을 배경으로 하고 새빨갛게 타오르는 불은 그 무슨 신성하고 신령스런 물건 같다.

얼굴을 붉게 데우면서 긴장된 자세로 웅크리고 있는 내 꼴은 흡사 그 귀중한 선물을 프로메테우스에게서 막 받았을 때의 그 태곳적 원시의 그것과 같을지도 모른다. 새삼스럽게 마음속으로 불의 덕을 찬미하면서 신화 속 영웅에게 감사의 마음을 비친다. 좀 있으면 목욕실에서 자욱하게 김이 오른다. 안개 깊은 바다의 복판에 잠겼다는 듯이 동화(童話)의 감정으로 마음을 장식하면서 목욕물 속에 전신을 깊숙이 잠글 때 바로 천국에 있는 듯한 느낌이 난다. 지상 천국은 별다른 곳이 아니다. 늘 들어가는 집안의 목욕실이 바로 그것인 것이다. 사람은 물에서 나서 결국 물속에서 천국을 구경하는 것이 아닐까.

물과 불과──이 두 가지 속에 생활은 요약된다. 시절의 의욕이 가장 강렬하게 나타나는 것은 두 가지에 있어서다. 어느 시절이나 다 같은 것이기는 하나, 가을부터의 절기가 가장 생활적인 까닭은 무엇보다도 이 두 가지의 원소의 즐거운 인상 위에 서기 때문이다. 난로는 새빨갛게 타야 하고, 화로의 숯불은 이글이글 되어야 하고, 주전자의 물은 펄펄 끓어야 한다.

백화점 아래층에서 커피의 낱을 찧어서 그대로 가방 속에 넣어 가지고 전차 속에서 진한 향기를 맡으면서 집으로 돌아온다. 그러는 내 모양을 어린애답다고 생각하면서도 그 생각을 또 즐기면서 이것이 생활이라고 느끼는 것이다.

싸늘한 넓은 방에서 차를 마시면서 그때까지 생각하는 것이 생활의 생각이다. 벌써 쓸모 없어진 침대에는 더운 물통을 여러 개 넣을 궁리를 하고 방구석에는 올겨울에도 또 크리스마스트리를 세우고, 색 전기도 장식할 것을 생각하고, 눈이 오면 스키를 시작해 볼까 하고 계획도 해 보곤 한다. 이런 공연한 생각을 할 때만은 근심과 걱정도 어디론지 사라져 버린다. 책과 씨름하고 원고지 앞에서 궁싯거리던 그 같은 서재에서 개운한 마음으로 이런 생각에 잠기는 것은 참으로 유쾌한 일이다.

책상 앞에 붙은 채 별일 없으면서도 쉴 새 없이 궁싯거리고 생각하고 괴로워하고 하면서, 생활의 일이라면 촌음(시간)을 아끼고, 가령 뜰을 정리하는 것도 소비적이니 비생산적이니 하고 경시하던 것이 도리어 그런 생활적 사사(些事, 사소한 일)에 창조적인 뜻을 발견하게 된 것은 대체 무슨 까닭일까. 시절의 탓일까. 깊어가는 가을, 이 벌거숭이의 뜰이 한층 산 보람을 느끼게 하는 탓일까.

가을이 깊어지고 있다. 울긋불긋 단풍이 곱다. 겨울로 들어설 채비를 하는 요즘 새삼 가을의 정취를 느끼게 하는 낙엽이 여기저기 뒹구는 걸

볼 수 있다.

누구나 낙엽을 주워 책갈피에 끼우며 친구들과 우정을 나누던 어린 시절의 기억이 있을 것이다. 상쾌한 아침, 높고 푸른 하늘, 서늘한 바람, 색색의 예쁜 옷을 입은 아름다운 꽃들이 파노라마처럼 추억 속에 피어난다. 바삭바삭 소리를 내며 밟히는 낙엽은 체감과 청각의 즐거움도 안겨준다. 아니, 낙엽에선 향기가 난다. 이효석 역시 낙엽을 태우면서 '잘 익은 커피 냄새가 난다'고 하지 않았던가. 지난봄부터 힘들게 목숨을 지켜오면서 새 생명의 잉태를 위한 거름이 되는 낙엽의 고귀한 삶에서 어찌 향기가 나지 않을 수 있겠는가.

가을은 교훈을 준다. 그것은 다름 아닌, 열매를 맺기 위해 열심히 살았지만 버릴 건 버릴 줄 알아야 한다는 것이다. 만일 계절이 다 가도록 나뭇잎을 움켜쥐고 있다면 곱게 물들지 못할뿐더러 갑자기 닥쳐온 추위에 마르거나 상하고 말 것이다. 우리의 삶 역시 그렇다. 가질 때와 비울 때를 생각하지 않아 자신이 이루었던 많은 것을 잃는 경우를 더러 볼 수 있다.

잠시, 커피 향과 같은 낙엽 태우는 냄새를 맡으며, 사각거리는 낙엽을 밟으며, 인생의 의미에 대해서 다시 한 번 생각해보는 시간을 갖는 건 어떨까. 물론 따뜻한 커피 한 잔이 옆에 있다면 더 좋다. 지나온 삶을 되돌아보고, 그 의미를 되짚어볼 수 있는 뜻깊은 시간이 될 것이다.

친구를 선택하는 데 있어서도
철학은 필요하다

철학자에게 철학이 필요한 것처럼 일반 사람들에게도 철학은 필요하다. 왜냐하면, 한 가지 물건을 사는 데 그 사람의 취미가 나타나는 것처럼 친구를 선택하는 데 있어서도 그 사람의 세계관, 즉 철학이 개재(介在)되어야 할 것이요, 자기의 직업을 결정하는 경우에도 그 근본적 계기가 되는 것은 물론 그 사람의 인생관이 아니어서는 아니 되기 때문이다

철학을 철학자의 전유물인 것처럼 생각하고 있는 사람들이 많다. 그렇게 생각하는 것도 결코 무리한 일은 아니니, 왜냐하면 그만큼 철학은 오늘날 그 본래의 사명 — 사람에게 인생의 의의와 인생의 지식을 교시하려는 의도를 거의 방기(내버려둠)해 버렸고, 철학자는 속세와 절연하고, 관외(管外)에 은둔하여 고일(高逸, 빼어남)한 고독경에서 오로지 자기의 담론에만 경청하고 있기 때문이다. 이처럼 철학과 철학자가 생활의 지각을 온전히 상실하여 버렸다는 것은 참으로 슬픈 일이다. 그러므로 생활 속에서 부단히 인생의 예지를 추구하는 현대 중국의 '양식의 철학자' 임어당(林語堂)이 일찍이 "내가 임마누엘 칸트를 읽지 않는 이유는 간단하다. 석 장 이상 더 읽을 수 있는 적이 없기 때문이다."라고 말했는데, 이 말은 논리적 사고가 과도의 발달을 성수(成遂, 어떤 일을 이루어

넘)하고, 전문적 어법이 극도로 분화한 필연의 결과로서, 철학이 정치·경제보다도 훨씬 후면에 퇴거되어, 평상인은 조금도 양심의 가책을 느끼지 않고 철학의 측면을 통과하고 있는 현대 문명의 기묘한 현상을 지적한 것으로서, 사실상 오늘에 있어서는 교육이 있는 사람들도, 대개는 철학이 있으나 없으나 별로 상관이 없는 대표적 과제가 되어 있는 것을 부정하기는 어렵다.

그러나 나는 물론 여기서 소위 사변적·논리적·학문적 철학자의 철학을 비난, 공격하는 것이 목적이 아니다. 나는 오직 이러한 체계적인 철학에 대하여 인생의 지식이 되는 철학을 유지하여 주는 현철한 일군의 철학자가 있었던 것을 알고 있으며, 그러한 의미에서 철학자만이 철학을 가지고 있는 것이 아니요, 어느 정도로 인간적 통찰력과 사물에 대한 판단력을 가지고 있는 이상, 모든 생활인은 그 특유의 인생관과 세계관, 즉 통속적 의미에서의 철학을 가질 수 있다는 것을 다음에 말하고자 함에 불과하다.

철학자에게 철학이 필요한 것과 같이 일반인에게도 철학은 필요하다. 왜냐하면, 한 가지 물건을 사는 데 그 사람의 취미가 나타나는 것처럼 친구를 선택하는 데 있어서도 그 사람의 세계관, 즉 철학이 개재(介在)되어야 할 것이요, 자기의 직업을 결정하는 경우에도 그 근본적 계기가 되는 것은 물론 그 사람의 인생관이 아니어서는 아니 되기 때문이다. 가령, 결혼이라는 것을 생각할 때, 한 남자로서 혹은 한 여자로서 상대자를 물색함에 제(際)하여 실로 철학은 우리가 상상할 수 있는 것보다 훨씬 많이 지배적이고도 결정적인 역할을 하게 됨을 알 수 있을 것이요, 우리가 어떠한 방식으로 생활을 설계하느냐 하는 것도, 결국은 넓은 의미에서 우리가 부지중에 채택한 철학에 의거하여 실행하게 되는 것이다. 우리가 생활권 내에서 추하게 되는 모든 행동의 근저에는 일반적으로 미학적 내지 윤리적 가치 의식이 횡재하여 있는 것이니, 생활인의 모든 행동에는 반드시 어떤 종류의 의미와 목적에 대한 관념을 내포하고 있다. 모든 사람은 소위 이상이라는 것을 가지고 있고, 그러한 이상이 각자의 행동과 운명의 척도가 되고 목표가 되는 것은 물론, 이상이란 요컨대 그 사람의 철학적 관점을 말하는 것이며, 그 사람의 일반적 세계관과 인생관에서 온 규범의 한 파생체를 말하는 것이다.

"내 마음이 선택의 주인공이 된 이래 그것이 그대를 천 명 속에서 추려 내었다."고 햄릿은 그의 친구 호레이쇼에게 말하였다. 확실히 친구의 선택은 임의로운 의지적 행동이라고는 하나, 그것은 인생 철학에 기초를 두는 한 이상의 지배를 받지 않을 수 없다. 햄릿은 그에 대하여 가치가 있는 인격체이며, '천지간 만물'에 대한 이해력을 가지고 있으며, 그리하여 이 인생 생활을 천재적이지만 극히 불운한 정말(丁抹)의 공자(公子)보다도 그 근본에 있어서 보다 잘 통어(統御)할 줄 아는 까닭으로, 호레이쇼를 친구로 택한 것이다. 비단, 그뿐만이 아니요, 모든 종류의 심의활동은 가치관의 지도를 받아 가며 부단히, 그리고 결정적으로 그 운명을 형성하여 가는 것이니, 적어도 동물적 생활의 우매성을 초극(超克)한 모든 사람은 좋든 궂든 하나의 철학을 가지는 것이다. 사람은 대개 이 인생에 대하여 무엇을 요구해야 할까를 알며, 그의 염원이 어느 정도로 당위와 일치하며, 혹은 배치될지를 아는 것이니, 이것은 실로 사람이 인간 생활의 의의에 대하여 사유하는 능력을 갖고 있기에 가능한 것이다.

두말할 것 없이 생활 철학은 우주 철학의 일부분으로서, 통상적인 생활인과 전문적인 철학자와의 세계관 사이에는, 말하자면 소크라테스와 트라지엔의 목양자(牧羊者)의 사이에 볼 수 있는 것과 같은 현저한 구별과 거리가 있다. 그러나 많은 문제에 대하여 그 특유의 견해를 갖는 점에서는 동일한 철학자라고 할 수 있다.

나는 흔히 철학자에게서 생활에 대한 예지의 부족을 인식하고 크게 놀라는 반면, 농산어촌의 주민 또는 일개의 부녀자에게 철학적인 달관을 발견하여 깊이 머리를 숙이는 일이 불소(不少, 적지 않음)함을 알고 있다. 생활인으로서의 내게는 필부필부(匹夫匹婦)의 생활 체험에서 우러난 소박, 진실한 안식이 이름 높은 철학자의 난해한 칠봉인(七封印, 볼 수 없도록 일곱 번이나 봉인을 찍음)의 서(書)보다는 훨씬 맛이 있다는 것을 고백하지 않을 수 없다. 원래 현실적 정세를 파악하고 투시하는 예민한 감각과 명확한 사고력은, 혹종(或種)의 여자에 있어서 보다 더 발견되어 있으므로, 나는 흔히 현실을 말하고 생활을 하소연하는 부녀자의 아름다운 음성에 경청하여, 그 가운데서 또한 많은 가지가지의 생활 철학을 발견하는 열락(悅樂, 기뻐하고 즐거워함)은 결코 적은 것이 아니다.

하나의 좋은 경구는 한 권의 담론서보다 낫다. 그리하여 언제나 인생의 지식인 철학의 진의를 전승하는 현철(賢哲, 어질고 사리에 밝은 사람)이 존재한다는 것은 고마운 일이다. 그래서 이러한 무명의 현철은 사실상 많은 생활인의 머릿속에 숨어 있는 것이다. 생활의 예지 ─ 이것이 곧 생활인의 귀중한 철학이다.

철학을 어렵고 따분한 학문으로 생각하는 사람이 많다. 학창시절 수업시간에 배운 어려운 용어와 이해할 수 없는 내용 때문이다. 그 때문에 철학과 나는 전혀 어울리지 않으며 관계가 없다고 생각하는 사람 역시 적지 않다. 그런 이들에게 '누구나 철학을 가지고 있으며, 이는 삶을 통해 드러나고 있다'고 말한다면 과연 어떨까.

김진섭의 대표 수필집 제목이기도 한 이 글은 내면적인 성찰과 자각을 통해 누구나 찾을 수 있는 일반적인 철학의 필요성에 관해서 얘기하고 있다.

생활에 대한 관찰과 사색, 예지와 직관을 통해 사색적이고 철학적인 중후한 수필을 다수 남긴 김진섭은 현대에 들어 가장 본격적인 수필 창작가이자 수필 이론가, 우리나라 수필 문학의 개척자로 평가받고 있다. 특히 그는 일제 강점기 필화사건으로도 그 이름이 매우 높다. 1940년 1월 5일 《매일신보》에 기고한 '아직 우려할 필요는 없다'는 글을 통해 중일전쟁을 저주하며 반전론을 폈는데, 이것이 큰 화제가 되었기 때문이다. 그도 그럴 것이 당시 《매일신보》는 총독부의 기관지로서 가장 발행 부수가 많은 신문이었다. 이로 인해 수많은 사람이 헌병대에 끌려가 조사를 받았고 《매일신보》간부들 역시 해고당한 것으로 알려져 있다. 그러나 일본이 이 사건을 어떻게 처리했는지는 지금까지 베일에 싸여 있다.

철학은 누구나 가지고 있으며 살면서 실천하고 있다. 다만, 그 깊이와 내용에 차이가 있을 뿐이다. 그렇다고 해서 그것이 그리 어려운 것도 아니다.

삶에 철학이 있으면 오히려 삶이 더 편안해지고 쉬워질 수도 있다. 그러니 오늘부터라도 잠시 시간을 내어 나에 대해 생각해보는 건 어떨까.

사람의 원수는 사람들 자신이다

사람의 원수는 사람들 자신이다. 다른 족속이 무엇 때문에 사람의 원수가 된단 말인가. 사람의 법률
에도 의식하지 않고 저지른 실수는 과실이라고 해서 범죄를 구성하지 못하거나 죄가 경감되지 않는
가. 하물며 다른 족속이 생존을 위해서 하는 행동이거늘, 내가 사람들의 원수가 될 게 뭐가 있겠는가.

나는 파리다. 이름은 아직 없다. ─이렇게 쓰기 시작하고 보니, 나는 고
양이다. 이름은 아직 없다. ─나쓰메 소세키의 인기 소설의 허두(虛頭, 글
이나 말의 첫머리)를 잡았던 '나는 고양이다'가 생각난다. 그 뒤에 그 고
양이에게는 필시 귀엽고 아름다운 이름이 붙었을 것이다. 그러나 나는 영
원히 이름이란 걸 가져볼 수 없을 것이다. 아니, 우리 족속 중 이름을 가져
본 조상은 아마 없을 것이다. 단지, 우리에게는 종류를 구별하기 위한 '장
르'적 명칭이라고 할 만한 것이 있을 따름이다. 쇠파리, 왕파리, 쉬파리, 청
파리, 똥파리 등등…….

나는 나 자신에 대해 한 가지 자랑할 만한 게 있다. 그것은 다름 아닌 나
의 고향이다. 사람치고 제 고향을 모르는 이는 아마 없을 것이다. 그러나
동물은 대부분 자기가 태어난 곳을 모른다.

사람들이 주고받는 말 중에 "개구리가 올챙이 시절을 모른다."는 말이 있다. 이는 자기 출생이나 성장에 대한 기억을 잃었거나 망각한 것을 두고 하는 말이다. 그러니 고향을 모르는 '놈팡이'라고까지야 할 수 없지만, 하필이면 다른 동물을 다 두고 왜 '개구리'라는 이름을 빌렸는지 의문이 남는다. 생각건대, 개구리의 심각한 건망증 때문이리라. 그러고 보면 개구리의 건망증을 가히 추상(推想, 미루어 생각하다)할만하다.

이놈이 오월 단오 전후해서 논두렁이나 수챗구멍에서 재갈거리며(나직한 소리로 조금 떠들썩하게 자꾸 이야기하는) 독창인지 합창인지 모르게 떠들어댈 때면, 아닌 게 아니라 올챙이 때처럼 흉한 꼬리를 달고 개천 구덩이에서 몰려다니던 때를 잊었거나 개구리 알 시절을 잊었음이 분명하다. 그러니 이런 놈에게 고향을 묻는다면 도리질을 하든지 그렇지 않으면 광산쟁이처럼 대포나 꽝꽝 쏠 게 틀림없다. 나아가 십중팔구는 시골 논두렁에서 태어났으면서 경회루(경복궁에 있는 누각)나 덕수궁 연못, 창경궁 춘당지 연뿌리 밑에서 부처님처럼 솟아 나왔다고 말할 것이 틀림없다. 그러나 나는 그렇지 않다. 정직할 뿐만 아니라 기억 역시 확실하다. 사람도 제 어미 아비가 가르쳐주지 않으면 태어날 때의 일을 기억할 리 없다. 부모가 공력을 들여가며 똥오줌 받아내고, 추울세라 더울세라, 그야말로 손끝으로 길러낸 자식들이 스물 안짝만 넘어서면 저 혼자 자란 것처럼 부모의 은덕을 잊고, 마지막에는 칼부림까지 하는 놈이 수두룩한 세상이니, 또다시 말할 게 뭔가.

나는 조선하고도 평안남도 성천군 성천면 하부리 — 안타깝게도 아직 번지수를 모른다. 이게 누구네 집이면 문패를 달아놓은 곳으로 윙—하니 날아가 보면 그만일 텐데, 인가(人家, 사람이 사는 집)에서 좀 떨어져 있는 밭 한가운데서 태어났기 때문이다. 그것도 채소밭이나 보리밭이 아닌 뽕밭이나 감자밭 사이에 있는 돼지우리에서. 그곳에는 번지수가 없다. 소유자의 서명이 붙어 있을 뿐이다. 결국, 내가 태어난 곳의 번지수를 알려면 밭 소유자를 알아낸 후 밭의 증명 서류를 찾아야만 한다.

열심히 애쓴 결과, 소유자는 알아냈다. 포목점을 하는 박 아무개였다. 이에 나는 그 집에 숨어들어 온갖 고초를 당하면서 밭의 증명 서류를 찾기 위해 노력했다. 필시, 서류는 금고 옆에 있을 터였다. 하지만 끝내 찾을 수 없었다. 나중에 안 사실이지만— 돈을 빌리느라 두 번씩이나 저당을 잡혀 어느 지주의 금고에 들어가 있었기 때문이다. 나는 장거리 비상을 좋아하지 않는다. 그래서 십 리 이상 날아갈 생각이 없다. 이에 아직도 태어난 곳의 번지수를 모른 채 지내고 있다. 그렇다면 이제 남은 것은 돼지우리 주인을 알아내는 것이다. 하지만 나는 그 주인을 이미 알고 있다. 그는 그곳을 빌린 대가로 박 포목상에게 일 년에 2원씩 세를 내고 있다.

돼지우리 문이 있는 쪽을 보면 '소유자 최가매(崔哥妹)'라고 써 붙인 작은 나무 조각이 붙어 있다. 어찌 된 놈의 이름이 이 모양이냐고 조사해 보니 최 씨 동네 첩으로 늙은 퇴기의 호적상 이름이었다. 아마 마을 사람 중 그의 이름이 '가매'인 것을 아는 사람은 한 명도 없을 것이다. 얼굴을 알고 있는 사람들은 '최 씨 동네 할머니'라 부르고, 다른 마을에서는 '최 씨 동네 노인네' 또는 '방송국'이라 부르기 때문이다. 남의 흉을 잘 보고,

말을 잘 옮기며, 음해를 잘하고, 소식을 잘 전한다고 해서, 그 집에 와서 순두부나 비지를 시켜 술을 먹는 젊은 주정뱅이 관청 나리들이 붙여준 별명이다.

구더기를 거쳐 파리가 되는 과정은 동물학자에게 물으면 될 것이다. 또는 이즈음, 도(道) 위생과에서 시골 마을을 순회하면서 보여주는 영상자료를 보면 모든 것이 명료해진다. 그런데 과대망상증에 걸린 사대주의자들은 나를 무슨 강도나 호랑이처럼 취급하곤 한다. 이에 내가 무심결에 하는 행동 하나하나를 확대해서 위생에 관한 영화를 만들고, 서 푼짜리 화가들을 시켜서 포스터를 그리며, 게시판 같은 곳에 '무서운 전염병의 매개자 파리를 박멸하라'며 무시무시한 글을 써 붙이곤 한다. 질색할 노릇이다. 내가 인간을 무슨 원수 취급하는 줄 아는 모양이다.

사람의 원수는 사람들 자신이다. 다른 족속이 무엇 때문에 사람의 원수가 된단 말인가. 사람의 법률에도 의식하지 않고 저지른 실수는 과실이라고 해서 범죄를 구성하지 못하거나 죄가 경감되지 않는가. 하물며 다른 족속이 생존을 위해서 하는 행동이거늘, 내가 사람들의 원수가 될 게 뭐가 있겠는가. 그러니 만물의 영장이니, 문화인이니 하는 사람들이 우리를 원수 취급한다는 것 자체가 벌써 심각한 자기 폄하(貶下, 깎아내림)다. 나아가 '저런 파리같이 더러운 놈'이니, 'X에 치운 파리 같은 놈'이니 등 가장 더러운 물건 중에도 제일 하찮은 초개(草芥, 하찮은 물건)보다도 더 가치 없는 것으로 우리를 모욕하고 깔보면서 그런 것을 자신과 대등한 지위에 올려놓고 적이니, 원수니 하니, 대체 어찌 된 일이냔 말이다.

사람들이 자신의 재능을 서양의 누구처럼 전기를 일으키는 기계를 만든다든지, 하다못해 조선의 발명가들처럼 셀룰로이드 동정이라도 생각해놓으면 인류의 생활도 향상될 것이요, 장사 역시 잘 될 것이다. 그런데 무엇 때문에 파리 죽이는 약이나 기구를 연구해내고 있다는 말인가.

처음에는 파리채라는 걸로 딱—딱—마치 아이가 장난하듯 우리를 후려갈겨서 죽이려 하더니, 지금은 파리통이라는 것까지 생겼다. 이는 유리로 만든 통으로, 그 안에 밥알이나 뼈다귀 부스러기를 넣은 후 우리를 빠져나오지 못하게 하는 것이다. 수많은 우리 족속이 그 안에서 죽어갔다. 그러나 속는 것도 한두 번이다. 이에 사람들은 한번 붙으면 빠져나올 수 없는 끈끈이를 만들어 우리를 위협했다. 부뚜막이나 음식물을 덮는 헝겊 등 우리가 잘 출입하는 곳에 그놈을 갖다 놓는데, 기름이 번질번질한 것에 그만 홀려서 윙—하고 날아갔다 가는 그 날이 마지막이다. 다리고, 날개고, 딱 붙어서 떼려야 뗄 수 없기 때문이다. 빠져나오기 위해 애쓰면 애쓸수록 점점 더 지독하게 붙어버리고 만다. 그 모습을 보고 뭘 달게 먹는 줄 알고 날아온 친구들이나 구조해주기 위해 왔던 친구들 역시 두말없이 붙어버린다. 그러니 이 부근에서는 저공비행도 해서는 안 된다. 모름지기 군자라면 이를 절대 가까이 하지 말 일이다.

최근 몇 년 동안 생겨난 것 중에는 십여 가지 물약도 있다. 사실 이것이야말로 질색이다. 우리 동네에서 국장이나 군수 정도는 못되어도 그래도 제법 좌수(座首, 조선 시대 지방의 자치기구인 향청의 우두머리) 소리를 들으며 지혜롭기로 소문난 나 역시 이것에 걸려 염라대왕 앞까지 갔던 일이 있다.

언젠가 김 아무개 네 집 맏아들이 서울서 내려왔다기에 꼬락서니를 좀 보려고 돼지 물 주러 왔던 방송국 집 며느리 잔등에 붙어서 그의 방까지 갔던 일이 있다. 발(을 쳐놓아서 들어갈 수는 없고, 문지방에 붙어서 그를 보고 있자니, 대학에 다니다가 신경 쇠약에 걸려서 왔다는 놈이 꽃이 그려진 편지지에 눈이 발개져서 뭔가를 열심히 쓰고 있었다. 그때 마침 소 닭 보듯 하는 그의 아내가 참외인가 뭔가를 깎아서 오기에 그 위에 올라앉았다. 그런데 이 여편네가 들고 오는 참외에 정신이 있었으면 왼손으로 획—하고 나를 날려 보내려고 했을 텐데, 글자는 몰라도 꽃이 그려진 편지지는 알고 있는지라 금세 눈에 쌍심지가 서서 남편을 흘겨보는 게 아닌가. 그래서인지 내게는 신경도 쓰지 않았다. 이에 책상 밑에 내버려둔 참외를 나 혼자 먹으면서 나는 그들의 대화를 엿들었다.

"누구에게 편지라도 하게요?"

여자가 노여움을 제법 죽인 채 물었다.

"응, 친구에게."

그러면서 아내를 처다보니 일본 무사처럼 생긴 그 얼굴이 어딘가 마뜩잖아 보였다. 이에 한마디 더 쏘아붙이고 말았다.

"왜, 당신이 그건 알아서 뭐하게?"

그러자 화가 난 아내는 횡—하니 그대로 나가 버렸다. 편지 쓰던 단맛을 잃은 남편은 기름 바른 머리카락을 긁적긁적 긁었다. 그러고는 그제야 참외 그릇 위에 있는 나를 보았는지 '이놈의 파리' 하면서 옆에 있는 가죽채를 들어 나를 향해 후려갈겼다. 그러나 그렇게 쉽사리 죽을 내가 아니다. 나는 획—하고 목을 뻗쳐 천장을 향해 달아났다. 그랬더니 유카다(목욕 후 또는 여름철에 입는 무명 홑옷) 차림 그대로 일어서서 멍하니 나를 쳐다보았다. 닭 쫓던 개 지붕 쳐다보는 심정이 이럴까.

하지만 웬걸. 잠시 후 농 밑에서 사이다병 같은 걸 꺼내더니 구멍 뚫린 쇠를 입에 물고 획—하고 안개 같은 걸 내뿜었다. 나는 정신을 잃지 않으려 애썼지만 이미 늦은 뒤였다. 얼마나 지났을까. 다시 정신이 들어 눈을 떠보니, 이미 밤이 깊어 몸이 으슬으슬한 가운데, 나는 쓰레기통 속에 누워 있었다.

자신을 파리에 빗댄 이 글은 당시에는 매우 획기적인 발상이었을 것이다. 그리고 보면 김남천은 글의 전개에 있어서 다양한 방식을 구사한 듯하다. 어떻게 보면 다양한 실험을 했다고 할 수 있다. 편지 형식의 글을 통해 소설을 썼는가 하면, 당시로써는 낯선 용어를 총 동원해가며 날선 비평을 하기도 했으며, 심지어 자신이 쓴 소설 속의 여주인공에게 여행을 가자며 편지를 쓰기도 했다.

그는 작가로서도 흥미로운 인물이었지만, 뛰어난 소설 창작 이론가요, 평론가이기도 했다. 다만, 아쉬운 점이 있다면 6·25 당시 월북을 해서 그에 관한 연구가 많이 이루어지지 않았다는 것이다.

먼―꿈의 세계를
너무나 똑똑히 눈앞에 보는 것만 같아서

그네들의 일거수일투족, 눈 한 번 끔벅하는 것, 말 한마디가 모두 경이(驚異, 놀라움)다. 학동들은 칠팔 세로 여남은 살까지 남녀가 뒤섞인 현란한 행렬이다. 이것도 엄격한 중고교육을 받은 우리로는 경이다. 자전거가 멋모르고 좁은 골목에 들어섰다가 혼이 난다. 암만 벨이 울려도 이 아침거리의 폭군들은 길을 비켜주지는 않는다.

아침 길이 똑―보통학교 학동들 등교 시간과 마주치는 고로 자연 많은 어린이를 보게 된다. 그네들의 일거수일투족, 눈 한 번 끔벅하는 것, 말 한마디가 모두 경이(驚異, 놀라움)다. 우선, 자신이 그런 아이들과 너무 멀고, 또 제 몸이 책보를 끼는 생활을 그만둔 지 너무 오래며, 학교 다니는 어린 동생들도 모두―성장해서 집안이 그런 학동을 기르는 분위기에서 퍽 멀어진 지가 오래되었기 때문이다. 그래서 그저 먼―꿈의 세계를 너무나 똑똑히 눈앞에 보는 것만 같아서 가슴이 뿌듯할 적이 많다.

학동들은 칠팔 세로 여남은 살까지 남녀가 뒤섞인 현란한 행렬이다. 이것도 엄격한 중고교육을 받은 우리로는 경이다. 자전거가 멋모르고 좁은 골목에 들어섰다가 혼이 난다. 암만 벨이 울려도 이 아침거리의 폭군들은 길을 비켜주지는 않는다. 자전거는 하는 수 없이 하마(下馬)를 하고 또 뭐라고 중얼거려도 보나 그런 것에 귀를 기울이는 사심(邪心)이 없다. 저희끼리 이야기가 너무나 재미있어 견딜 수가 없는 것이다. 물론 누구하고 동무도 없고 행렬에도 끼기지 못하고 화제도 없는 인물은 골목한편 인가(人家) 담벼락에 비켜서서 이 화려한 행렬에 공손히 길을 치워주어야 한다.

우리는 구경도 못 한 '란도셀(Ransel, 일본 초등학생들이 등에 메는 책가방)'이란 것을 하나씩 짊어졌다. 그것도 부럽다. 그 속에는 우리가 한 번도 갖고 놀아보지 못한 찬란한 그림책이 들었다. 십이 색 '크레용'도 들었다. 불란서(프랑스) 근대화파보다도 훨씬 무섭고 자유분방한 그들의 자유화를 기억한다. 우리는 일생을 통하여 기어코 완전한 거짓말 속에서 시종(始終)하라는 건가 보다. 우리는 이제 시작해서 저런 자유화 한 장을 그릴 수 있을까. '란도셀'이라는 것 속에는 하고많은 보배가 들어 있다. 그러나 장난꾼이들 '란도셀'이란 '란도셀'이 어쩌면 모조리 헤어져 떨어져서 헌털뱅이(헌것을 속되게 이르는 말)인구.

단발이 부쩍 늘었다. 여남은 살 먹은 여학동(學童) 단발한 것은 깨끗하고 신선하고 칠팔 세 여학동 단발한 것은 인형처럼 귀엽다.

남학동들은 일제히 양복이다. 양복에다가 보통학교 아동 이외에는 이행(履行)을 불허하는 경편(輕便, 가볍고 편한) 운동화들을 신었다. 그래서는 좁은 골목 넓은 길을 살과 같이 닫고 또 한 군데 한없이 머물러서는 장난한다. 이렇게 등교 시간 자체가 그네들에게는 황홀한 것이고 규정 이상의 과정인 것이다. 그중에는 셋 혹 넷 무더기가 져서 걸어가면서 무슨 책인지 한 책에 집중되어 열중한다. 안경 쓴 학동이 드문드문 끼었다. 유리에 줄이 좍좍 간 것이 제법 근시들이다. 뭐가 저리 재밌을까─하고 궁금해서 흘깃 좀 훔쳐본다. 양홍(洋紅, 붉은 빛깔 색소) 군청(群靑, 짙은 남청색) 등 현란한 극채색(매우 짙은 색깔) 판의 소년 잡지다. 그림은 무슨 군함 등속인가 싶다. 그러나 글자는 그저 줄이 죽죽 가 보일 뿐이지 눈에 들어오지 않는다.

보통학교 학동이 안경을 썼다는 것은 실사 해괴망측한 일이다. 일인 것이 첫째 깜찍스럽다. 하도 앙증스럽고 해서 처음에는 웃고 그만두었으나 생각해 보면 웃고 말 일이 아니다. 근시는 무슨 절름발이나 벙어리 같은 부류의, 그야말로 불구자라곤 할 수 없되 불구자는 불구자다. 세상에는 치레로 금테안경을 쓰는 못생긴 백성도 있기는 있으나 '오페라글라스(오페라나 연극을 볼 때 쓰는 안경)' 비행사의 그 툭 불거진 안경 이외에 안경은 없는 게 좋다. 그것을 저런 아직 나이 들지 않은 연골 어린이들에게까지 씌우지 않으면 안 된다는 세상은 그리 고맙지 않은 세상임이 틀림없다. 여기에는 여러 가지 원인이 있겠으나 현대의 고도화한 인쇄술에도 트집을 아니 잡을 수 없다. 과연 보통학교 교과서만은 활자의 제한이 붙어서 굵직굵직한 것이 괜찮다. 그만만하면 선천적 근시안이 아닌 다음에는 활자 탓으로 눈을 옥지르거나(눌러 죄거나 두들겨 부수는 것) 하는 일이 없을 것 같다. 그러나 학동들이 교과서만 주무르다 그만두느냐면, 천만에 우선, 참고서라는 것이 대개가 구(九) '포인트' 활자로 되어 먹었다. 급기 소년 잡지 등속에 이른즉슨 심지어 육 호(六號) 칠(七) '포인트' 반을 사용하여 오히려 태연한 출판업자 — 게다가 추악한 극채색을 덮어서 예의 학동들의 동공을 노리고 총공격의 자세를 일각도 게을리하지는 않는다.

아직도 안경 쓴 학동보다 안 쓴 학동의 수효가 더 많은 것으로 보아 한편 괴이하기도 하나, 아직 그들의 독서열이 사십 도(四十度)에 이르지 않은 것을 차라리 다행히 생각하고 싶다. 누구에게라도 안경 상을 추장(推獎, 권유하다)하고 싶다. 오늘 같은 부덕한 활자 허무 시대에 가하여 불완전한 조명장치밖에 없는 이 땅에 늘어갈 것은 근시안뿐일 터이니 말이다.

이상다운 문체의 활력과 묘사로 생기가 넘치는 이글은 1936년 3월 3일부터 3월 26일까지 《매일신보》에 발표된 〈조춘점묘(早春點描)〉 시리즈 중 하나로, 학교에 가는 아이들의 모습을 생동감 넘치게 묘사하고 있다. '조춘(早春)'은 이른 봄을 말하며, '점묘(點描)'는 붓으로 점을 찍어서 그린 그림 또는 사물 전체를 그리지 않고 어느 부분만을 따로 떼어서 그린 것을 말한다. 따라서 '조춘점묘'란 제목의 의미는 '이른 봄에 도회의 풍경을 내려다보며 생각한 것을 그림처럼 표현함' 정도로 생각할 수 있다. 전체 구성은 '보험 없는 화재', '단지(斷指)한 처녀', '차생윤회', '공지에서', '도회의 인심', '골동벽', '동심행렬'로 이루어져 있다.

이상은 그야말로 우리 문단의 크리에이터였다. 그가 스물두 살에 〈오감도〉는 기상천외한 시를 발표했을 때 그 시를 보고 놀라지 않은 이가 없을 정도였다. 이때 너나 할 것 없이 모두가 '정신 나간 사람의 잠꼬대'라며 엄청난 비난을 퍼부었지만, 그는 〈오감도〉가 《조선중앙일보》에 발표되던 날 흥겹고도 냉정한 어조로 소설가 박태원에게 이렇게 말했다고 한다.

"박 형! 이제 광채를 발산할 단계에 이르게 됐지! 참, 이제 유상무상들이 모조리 무색해질 거야, 하하."

이렇듯 그는 자신의 시에 대한 사람들의 반응을 충분히 예상하고 있었다. 그 누구도 시도하지 못한 것이었기 때문이다. 그만큼 그가 생산해낸 언어는 파격과 기행의 연속이었다.

살만큼 살아본 이는
인생이 얼마나 험한지 잘 알고 있다

두 어린 것이 밥을 뜰 때마다 숟가락 위에 김치를 놓아주고, 고기를 골라 똑같이 나눠주느라 바빴다. 그러다 보니 밥 먹을 틈이 없었다. 한 수저 떴다고 해도 그 안에는 약간의 국물만이 있을 뿐이었다.

앞을 보지 못하는 아이(盲兒)

복날치고도 뜨거운 햇살이 거리에 내리쬐어 더위를 피하고자 전차를 탔다. 승객들의 체열과 땀 냄새가 더운 공기와 합쳐져, 차 안의 공기는 이미 손에 감길 것처럼 독하고 끈끈하기 그지없었다. 그나마 차가 달리면 약간의 바람이 창을 통해 들어와 공기를 식혀주었다. 승객들은 탁류 속의 물고기마냥 창을 향해 얼굴을 삐죽 내밀곤 했다.

그런 가운데, 나는 앞에 앉아 있던 한 여인을 유심히 쳐다보았다. 초라한 행색이었다. 오랫동안 빗질이라곤 하지 않은 듯한 머리와 때가 덕지덕지 묻은 옷, 화장기 없는 땀에 젖은 얼굴…… 어딘지 모르게 약간 부족해 보였다. 눈에 균형이 없는 것이 사시(두 눈이 정렬되지 않고서로 다른 지점을 바라보는 시력 장애)요, 스물을 하나둘 넘었을 듯했다. 그런데 무릎 위에 어린애를 뉘이고 있었다. 사실 내가 충격을 받은 것은 여자가 아닌 아이였다. 태어난 지 네댓 달이나 되었을까. 아이는 엄마로 보이는 여자의 행색 못지않게 때가 덕지덕지 묻은 인조견에 몸이 싸인 채 여자의 무릎 위에 잠잠히 누워 있었다. 하지만 눈시울이 서로 맞붙어 있는 것이 앞을 보지 못하는 듯했다. 순간, 나는 이 가엾은 여인이 어느 탕아(蕩兒, 방탕한 사나이)의 성적 폭력의 희생양은 아닌가 하고 의심했다. 하지만 아직 천지가 무엇인지도 모른 채 어미의 무릎 위에 누워 무더운 거리를 달리고 있는 어린 것의 숙명에 비하면, 여인의 가엾음쯤은 전혀 문제가 되지 않았다.

휘황찬란한 전등 아래 놓인 각양각색의 과실을 보고 돌아서다가, 지나가는 맹인을 만나 마음의 충격을 받았다는 모 시인의 글을 읽은 적이 있다. 하지만 그 어린 것이 운명적으로 타고난 비애에 비하면 그것은 아무것도 아니다. 그것은 사람의 흉금(胸襟, 겉으로 드러내지 않고 마음속으로 품은 생각)조차 막기 때문이다. 살만큼 살아본 이는 인생이 얼마나 험한지 잘 알고 있다. 더욱이 그 험한 길을 어린 것이 눈도 없이 살아가야 한다는 걸 생각하면 마음이 아프기 그지없다.

아이는 앞으로 암흑의 길바닥을 막대로 더듬으며 살아가야 할 것이다. 그리고 꽃은 물론 해질 무렵의 아름다운 노을조차 볼 수 없을 것이다.

거리의 영웅(英雄)

이웃 행랑에 박 서방 네가 살았었다. 박 서방 내외와 어린 것이 넷, 그리고 노모까지, 모두 일곱 식구를 박 서방 혼자서 벌어먹였다. 그래서인지 아직 마흔네다섯 살밖에 안 되었지만 심한 고생으로 인해 얼굴에 주름살이 가득했다.

5~6년 전까지만 해도 그는 마차(馬車) 꽤나 부려, 비록 셋방이나마 걱정 없이 살았다고 한다. 하지만 어느 해 겨울, 물건을 가득 싣고 얼음 깔린 언덕길을 올라가다가 말이 미끄러지는 바람에 두 길이나 되는 벼랑에 떨어져 말은 죽고, 그는 다리가 부러진 채 겨우 목숨만 건졌다고 한다. 그리고 석 달 동안 치료를 받았지만 평생 한쪽 다리를 절어야 했다. 문제는 그러는 동안 형편이 더욱 어려워졌고, 남아 있던 마차마저 다른 사람에게 넘어가고 말았다는 것이다. 할 수 없이 지게를 진 채 품삯을 팔러 다녀야 했다. 마차를 부릴 때에 비하면, 수입이 보잘 것 없었지만 달리 방법이 없었다. 더욱이 그러는 동안에도 아이가 둘이나 늘었다. 결국, 얼마 후에는 방세를 낼 돈마저 떨어지고 말았다. 이에 물을 길어주는 조건으로 지금 사는 행랑 한 칸을 겨우 얻어, 일곱 식구가 이사를 왔다. 그러다 보니 박 서방의 벌이가 시원찮은 날이면, 온 가족이 끼니를 거를 수밖에 없었다.

어느 날, 박 서방이 내게 돈을 빌리러 온 일이 있었다.

"세상에 정말 기막힌 일도 많습니다. 어린 것들이 배가 고프다며 우는데, 어미 아비가 되어서 먹을 것 하나 주지 못하는 걸 생각해보십시오. 아마 이보다 더 기막힌 일은 없을 것입니다. 두 끼를 굶은 아이들이 넘어져서 우는 것을 차마 볼 수가 없습니다."

그의 눈에는 이미 눈물이 가득 고여 있었다.

얼마 후 눈이 펄펄 휘날리는 초겨울 저녁, 나는 집으로 돌아오는 그를 본 적이 있다. 어떻게 된 일인지, 그날따라 그의 주름진 얼굴 가득 웃음기를 띠고 있었다.

"오늘은 벌이가 괜찮아서, 아이들이 먹고 싶어 하는 걸 몇 가지 사 가는 길입니다."

과연, 그의 지게에는 작은 쌀 주머니와 청어 몇 마리가 실려 있었다. 아마 그마저도 오늘 밤 먹고 나면 끝일 것이다.

한쪽 다리를 절며 기분 좋게 제집을 향해 올라가는 박 서방. 나는 더는 그를 지켜볼 수 없었다. 그는 부러진 다리와 나무막대 하나로 일곱 식구의 목숨을 악착같이 책임지고 있었다.

무명의 영웅! 나는 그를 결코 잊을 수 없다.

이웃집에서 행랑마저 쓸 일이 있게 되어, 그가 여섯 노유(老幼, 늙은이와 어린아이)를 앞세우고 남촌(南村) 어딘가로 떠난 지도 벌써 일 년. 아마 지금도 그는 어느 거리를 헤매고 있을 것이다.

부성애(父性愛)

사치와 일락(逸樂, 편안히 놀기를 즐김)의 거리, 사치스럽고 화려한 돈의 잔치가 밤낮으로 벌어진다. 상 가득 산해진미가 차려졌건만 오히려 젓가락 옮길 곳이 없다. 그런 곳에 비하면, 지금 내가 앉아 있는 이곳은 너무도 질박하다. 실리적이라고나 할까. 출입문 유리창에 붙어 있는 '설렁탕' 석 자가 이 집의 존재의 의의를 말해주고 있을 뿐이다.

커다란 무쇠 가마에서는 소 다리를 삶는 김이 무럭무럭 피어오른다. 구수한 냄새가 코를 자극한다. 그렇다면 뚝배기 가득 따뜻한 국밥으로 뱃가죽의 주름을 펴면 그만 아닌가.

나는 우선 모자와 윗옷이 없어도 출입을 허락하는 이 집의 관용에 감사한다. 흙 묻은 마룻바닥, 질 소래기(진흙으로 만든 밑이 납작하고 깊이가 약간 있는 그릇), 채반(싸릿개비나 버들가지로 울이 없이 넓적하게 엮어 만든 그릇), 검은 살빛, 땀 냄새와 파리……

체(가루를 곱게 치거나 액체를 밭거나 거르는 데 쓰는 기구) 장수 부부가 지고 들고 있던 물건을 문 앞에 내려놓고 들어왔다. 분명 그들의 자녀일 두 어린 것이 뒤따라 들어와 내 앞에 자리를 정한 후 한편에 두 명씩 마주앉는다.

"설렁탕, 한 그릇만 주세요."

남편 되는 사람이 종업원을 향해 공손하게 말했다.

잠시 후 종업원은 설렁탕 한 그릇과 김치를 그들 앞에 내려놓았다.

"미안하지만, 숟가락 두 개만 더 주세요."

이번에도 남편 되는 사람이 종업원을 향해 공손하게 말했다.

종업원은 여전히 이렇다저렇다 말없이 숟가락 두 개를 가져다가 설렁탕 그릇에 넣어준다. 그러자 아내 되는 여자와 두 아이가 숟가락을 들었고, 여자는 소금과 파를 이용해 간을 맞추었다. 그러고는 남자를 향해 숟가락을 내밀며 말했다.

"자─잡숴보세요."

"난 됐소. 속이 좋지 않아서 못 먹겠으니, 당신과 애들이나 먹으시오."

"그러지 말고 좀 잡숴 보세요. 뭘 드셨다고 속이 안 좋다고 그래요?"

"허 참, 먹은 것이 없어도 속이 안 좋다니까 그러는구려. 난 담배나 피울 테니, 어서 먹어요. 아이들이 배고파하잖소."

결국, 아내는 두 어린 것과 함께 설렁탕을 먹기 시작했다. 하지만 두 어린 것이 밥을 뜰 때마다 숟가락 위에 김치를 놓아주고, 고기를 골라 똑같이 나눠주느라 바빴다. 그러다 보니 밥 먹을 틈이 없었다. 한 수저 떴다고 해도 그 안에는 약간의 국물만 있을 뿐이었다. 그동안 남편은 몇 개의 담배꽁초를 부숴 곰방대에 채워 넣은 후 한 모금 빨며 세 사람을 쳐다본다. 하얀 담배 연기가 그의 얼굴을 스치며 거미줄 낀 천장을 향해 피어올랐다.

혹시 김상용이란 이름이 낯설다면 다음 시는 어떨까.

남으로 창을 내겠소.
밭이 한참 갈이
괭이로 파고
호미론 김을 매지요.

구름이 꼬인다 갈 리 있소.

새 노래는 공으로 들으랴오.

강냉이가 익걸랑

함께 와 자셔도 좋소.

왜 사냐건

웃지요.

학창시절 국어 교과서에서 배운 〈남으로 창을 내겠소〉라는 시다. 이 시의 저자가 바로 월파 김상용이다. 자연과 함께하고자 하는 그의 소박한 바람이 잘 드러난 이 시는 전체적으로 쉬운 시어를 사용해 전원생활을 표현하면서도 달관한 인생관을 간접적으로 잘 표현하고 있다. 자연으로 돌아가고자 하는 마음이 '남(南)'이라는 밝고 건강한 이미지와 함께 잘 나타나 있는 이 시는 시인의 개인적인 소망으로도 볼 수 있지만, 1930년대의 시대적 산물이라고도 볼 수 있다. 이에 대해 시인 김현승은 〈한국 현대시 해설〉에서 이렇게 말한 바 있다.

"창을 남쪽으로 내겠다는 제목부터가 생활의 건강하고 낙천적인 면을 보여 준다. 그리고 이러한 생활에 대한 굳은 신념을 나타내면서도, 역설하거나 강요하는 것이 아니고, 제2연에서 보는 바와 같이 해학과 더불어 매우 시다운 표현을 하고 있다. 이 점이 이 시의 특별한 매력이다. 마지막 연은 의미의 함축성과 표현의 간결성 및 탄력성을 잘 간직하고 있다. 도회 생활의 공허한 삶은 생각지도 않고 무슨 재미로 전원에 파묻혀 사느냐고 질문하는 친구에게 만족한 대답을 주려면 한 권의 책을 써도 모자랄지 모른다. 그것을 시는 '웃지요'라는 단 한마디로 표현하고 있다. 얼마나 복잡하고 많은 회의, 번민, 사색, 해답, 결심이 하나로 압축된 자신의 생활관을 실증하는 웃음인지 모른다."

김상용은 일본 릿쿄대학에서 영문학을 전공한 후 모교인 보성고와 연희전문학교, 이화여자전문학교 등에서 영문학을 강의했다. 놀라운 것은 영어를 잘한다는 이유만으로 미 군정에 의해 강원도지사로 임명되었다는 것이다. 그러나 며칠 만에 사임하고 다시 학교로 복귀했다.

〈무하록〉은 그의 또 다른 별칭인 '무하(無何)'에서 따온 것으로 1938년 8월 19일부터 8월 25일까지 6일에 걸쳐 총 6가지의 이야기를《동아일보》에 연재하였다. 모두가 주변에서 일어나는 가난한 서민들의 이야기로 읽는 사람의 눈물샘을 자극한다.

고독이 심할수록 조용한 곳을 찾기보다는
더 깊은 고독에 빠지곤 한다

애써 고독을 피함으로써 마음의 위안을 삼기보다는 그것과 싸워 이김으로써, 그래서 그 껍데기를 깨뜨림으로써, 그 속에 담긴 참된 진리를 알뜰히 꺼내 보고 싶은 마음이 여행에의 취미보다 훨씬 더 크기 때문이다. 이에 고독이 심할수록 조용한 곳을 찾기보다는 더 깊은 고독에 빠지곤 한다.

작가 생활에 있어 여행이 지극히 필요한 줄은 알면서도 나는 그것에 그토록 취미를 느끼지 못한다. 그래서 특별한 일이 없는 한 지금까지 여행을 위한여행을 단 한 번도 해본 적이 없다.

고독이 깊이 스며들 때는 여행이라도 해보면 괜찮을 듯싶지만, 차마 그것을 실행하여 고독을 아주 잊고 싶지는 않다. 고독이란 그 무슨 진리를 담은 껍데기처럼 생각되면서도, 나를 버리지 않고 따르는 그것이 반갑게 여겨지기 때문이다.

그것은 애써 고독을 피함으로써 마음의 위안을 삼기보다는 그것과 싸워 이김으로써, 그래서 그 껍데기를 깨뜨림으로써, 그 속에 담긴 참된 진리를 알뜰히 꺼내 보고 싶은 마음이 여행에의 취미보다 훨씬 더 크기 때문이다. 이에 고독이 심할수록 조용한 곳을 찾기보다는 더 깊은 고독에 빠지곤 한다.

그러나 그 고독이란 껍데기 속에 들어 있을 듯한 진리는 가만히 눈을 감고 숙친(오래 사귀어 친분이 아주 가까운)하기에는 여간 벅찬 것이 아니다. 그러다 보니 숨이 막힐 듯 답답해서 벌떡 몸을 일으켜 방안으로 걸음을 돌리곤 한다. 눈을 감은 채 뒷짐을 지고 하염없이 흥글흥글(몸을 앞뒤 또는 좌우로 흔들어 가며 한가하게 천천히 걸음) 몇 바퀴고 수없이 돌아보기도 한다. 그래도 마음이 시원치 않으면 밖으로 나가 뜰 안을 돈다. 방 안보다 훨씬 더 마음의 여유를 느낄 수 있을 뿐만 아니라 신선한 공기가 한결 더 마음을 시원하게 해주기 때문이다. 이에 밤이 깊은 줄도 모른 채 몇 시간이고 줄곧 뜰을 돌 때도 있다. 그러나 중안(中眼, 눈빛이 나 크기, 생김새 따위가 보통인 눈)의 시선에 이런 행동이 드러날 우려가 있는 낮에는 산상(山上)을 찾는다. 생각에 잠겨 자기를 잊은 채 고요히 눈을 감고 평평한 잔디를 걷는 맛이란, 담배 연기 자욱한 기차 안에서 오력(五力, 수행하는 데 필요한 다섯 가지 힘. 신력 · 염력 · 진력 · 정력 · 혜력 등)을 펴지 못하고 무릎을 맞비벼야 되는 번거로운 여행에 비할 바가 아니다. 그러다 보니 이것이 곧 취미가 되었고, 자주 반복하게 되었다.

한번은 다른 사람 흉을 잘 보는 이웃집 노파로부터 "혹시 그 사람 미치지 않았느냐?"는 소리를 듣기도 했다. 그런데도 그 버릇은 쉽게 고쳐지지 않았다. 그 때문에 요즘도 뭔가를 깊이 생각할 때면 장소 불문하고 벌떡 일어서서 왔다 갔다 하는 무례를 범하곤 한다.

이 버릇을 구태여 책망하고 싶은 마음은 없다. 도리어 주위를 피해 마음 놓고 거닐 곳이 없는 서울에 살게 된 것이 서글플 뿐이다.

문밖을 나서면 곧 거리다. 그러다 보니 제아무리 눈을 부릅뜨고, 좌우를 살피며 걸어도, 곧 수많은 자동차와 인파로 인해 거리가 붐비기 일쑤다. 때문에 도저히 생각을 집중할 수 없다. 허락되는 곳이라곤, 오직 제가 기거하는 방안 뿐이다.

하지만 그 방이란 곳 역시 내 방이자, 아내의 방이요, 아이들의 방이기도 하다. 그러니 조용할 리도 없거니와 살림살이 역시 너저분하게 널려 있다. 또 워낙 좁은 까닭에 짧은 걸음조차 허락치 않는다. 그러니 실내 여행에조차 굶주리게 되는 고독의 껍데기는 이제 비켜 볼 길 없이 제대로 굳어져 버리는 게 아닌가 싶다.

고독은 문학의 주요 주제 중 하나로 많은 작가가 그와 관련된 글을 발표한 바 있다. 그도 그럴 것이 글을 쓴다는 것 자체가 42.195km를 달려야 하는 마라톤처럼 혼자서 인내하고 끝까지 최선을 다해야 하는 일이다. 그 때문에 작가는 한 편의 시를 위해서, 한 편의 소설을 위해서 수많은 시간 동안 자신과 싸우고 인내해야 한다. 이를 극복한 사람만이 글 꽃을 피울 수 있다.

나는 이제야 내가 생각하던

영원의 먼 끝을 만지게 되었다.
그 끝에서 나는 하품을 하고
비로소 나의 오랜 잠을 깬다.

내가 만지는 손끝에서
영원의 별들은 흩어져 빛을 잃지만,
내가 만지는 손끝에서
나는 내게로 오히려 더 가까이 다가오는
따뜻한 체온을 새로이 느낀다.

－김현승, 〈절대고독〉 중에서

우리의 상처를 만져주는
따뜻한 세계가 있다면

어떤 이들은 현대 학생 도덕이 부패했다고 말합니다. 스승을 섬길 줄을 모른다고들 합니다. 옳은 말씀입니다. 부끄러울 따름입니다. 그러나 이 결함을 괴로워하는 우리 어깨에 지워 광야(曠野)로 내쫓아버려야 하나요. 우리의 아픈 곳을 알아주는 스승, 우리의 상처를 어루만져주는 따뜻한 세계가 있다면 박탈된 도덕일지언정 기울여 스승을 진심으로 존경하겠습니다.

개나리 · 진달래 · 앉은뱅이 · 라일락 · 민들레 · 찔레 · 복사 · 들장미 · 해당화 · 모란 · 릴리(백합) · 창포 · 카네이션 · 봉선화 · 백일홍 · 채송화 · 달리아 · 해바라기 · 코스모스 — 코스모스가 훌훌히(문득 갑작스럽게) 떨어지는 날 우주의 마지막은 아닙니다. 여기에 푸른 하늘이 높아지고 빨간, 노란 단풍이 꽃에 못지않게 가지마다 물들었다가 귀또리(귀뚜라미) 울음이 끊어짐과 함께 단풍의 세계가 무너지고 그 위에 하룻밤 사이에 소복이 흰 눈이 내려, 내려 쌓이고 화로(火爐)에는 빨간 숯불이 피어오르고 많은 이야기와 많은 일이 이 화롯가에서 이루어집니다.

독자 제현(讀者 諸賢, 현명한 독자 여러분)! 여러분은 이 글이 쓰이는 때를 독특한 계절로 짐작해서는 아니 됩니다. 아니, 봄 · 여름 · 가을 · 겨울 어느 철로나 상정(想定)하셔도 무방합니다. 사실 일 년 내내 봄일

수는 없습니다. 그러나 이 화원에는 사철 내 봄이 청춘들과 함께 싱싱하게 등대하여 있다고 하면 과분한 자기선전일까요. 하나의 꽃밭이 이루어지는 것은 손쉽게 되는 것이 아니라 고생과 노력이 있어야 하는 것입니다. 딴은 얼마의 단어를 모아 이 졸문을 지적 거리는 데도 내 머리는 그렇게 명석한 것이 못 됩니다. 한 해 동안을 내 두뇌로서가 아니라 몸으로써 일일이 헤아려 세포 사이마다 간직해두어야 겨우 몇 줄의 글이 이루어집니다. 그리하여 나에게 있어 글을 쓴다는 것이 그리 즐거운 일일 수는 없습니다. 봄바람의 고민에 짜들고, 녹음의 권태에 시들고, 가을 하늘 감상에 울고, 노변(爐邊, 화로나 난로 주변)의 사색에 졸다가 이 몇 줄의 글과 나의 화원과 함께 나의 일 년은 이루어집니다.

시간을 먹는다는 ― 이 말의 의의와 이 말의 묘미는 칠판 앞에 서 보신 분과 칠판 밑에 앉아 보신 분은 누구나 아실 것입니다. ― 그것은 확실히 즐거운 일임이 틀림없습니다. 하루를 휴강한다는 것보다 ― 하긴 슬그머니 까먹어버리면 그만이지만 ― 다 못한 시간, 예습, 숙제를 못 해왔다든가 따분하고 졸리고 한때, 한 시간의 휴강은 진실로 살로 가는 것이어서, 만일 교수가 불편하여서 못 나오셨다고 하더라도 미처 우리들의 예의를 갖출 사이가 없는 것입니다. 그러나 이것을 우리들의 망발과 시간의 낭비라고 속단하여선 아니 됩니다.

여기 화원이 있습니다. 한 포기 푸른 풀과 한 떨기의 붉은 꽃과 함께 웃음이 있습니다. 노트 장을 적시는 것보다 한우충동(汗牛充棟, 수레에 실어 운반하면 소가 땀을 흘릴 정도의 양이란 뜻으로 책이 많음을 뜻함)에 묻혀 글줄과 씨름하는 것보다 더 명확한 진리를 탐구할 수 있을는지, 보다 더 많은 지식을 획득할 수 있을는지보다 더 효과적인 성과가 있을지를 누가 부인하겠습니까.

나는 이 귀한 시간을 슬그머니 동무들을 떠나서 단 혼자 화원을 거닐 수 있습니다. 단 혼자 꽃들과 풀들과 이야기할 수 있다는 것이 얼마나 다행한 일이겠습니까. 참말 나는 온정으로 이들을 대할 수 있고, 그들은 나를 웃음으로 맞아줍니다. 그 웃음을 눈물로 대한다는 것은 나의 감상일까요. 고독, 정숙도 확실히 아름다운 것임이 틀림이 없으나, 여기에 또 서로 마음을 주는 동무가 있는 것도 다행한 일이 아닐 수 없습니다. 우리 화원 속에 모인 동무 중에, 집에 학비를 청구하는 편지를 쓰는 날 저녁이면 생각하고 생각하던 끝에 겨우 몇 줄 써 보낸다는 A군, 기뻐해야 할 서유(書留, 월급봉투)를 받아든 손이 떨린다는 B군, 사랑을 위하여서는 밥맛을 잃고 잠을 잊어버린다는 C군, 사상적 당착에 자살을 기약한다는 D군…… 나는 이 여러 동무의 갸륵한 심정을 내 것인 것처럼 이해할 수 있습니다. 서로 너그러운 마음으로 대할 수 있습니다.

나는 세계관, 인생관, 이런 좀 더 큰 문제보다 바람과 구름과 햇빛과 나무와 우정, 이런 것들에 더 많이 괴로워했는지도 모르겠습니다. 단지 이 말이 나의 역설이나 나 자신을 흐리는 데 지날 뿐일까요. 어떤 이들은 현대 학생 도덕이 부패했다고 말합니다. 스승을 섬길 줄을 모른다고들 합니다. 옳은 말씀입니다. 부끄러울 따름입니다. 그러나 이 결함을 괴로워하는 우리 어깨에 지워 광야(曠野)로 내쫓아버려야 하나요. 우리의 아픈 곳을 알아주는 스승, 우리의 상처(원문에서는 '생채기'로 표현)를 어루만져 주는 따뜻한 세계가 있다면 박탈된 도덕일지언정 기울여 스승을 진심으로 존경하겠습니다. 온정(溫情)의 거리에서 원수를 만나면 손목을 붙잡고 목 놓아 울겠습니다. 세상은 해를 거듭 포성(砲聲)에 떠들썩하건만 극히 조용한 가운데 우리 동산에서 서로 융합할 수 있고, 이해할 수 있고, 종전의 〇〇이 있는 것은 시세의 역효과일까요.

봄이 가고, 여름이 가고, 가을 코스모스가 홀홀히 떨어지는 날이 우주의 마지막은 아닙니다. 단풍의 세계가 있고 ─ 이상이견빙지(履霜而堅氷至, 서리를 밟거든 얼음이 굳어질 것을 각오하라 ─가 아니라, 우리는 서릿발에 끼친 낙엽을 밟으면서 멀리 봄이 올 것을 믿습니다.

노변(爐邊)에서 많은 일이 이뤄질 것입니다.

이 글을 읽고 있으면 산책을 즐기고, 사색에 잠기는 것을 좋아했다는 정결한 시인의 모습이 60여 년의 아득한 세월을 뛰어넘어 고색창연한 기숙사 어디쯤에서 타박타박 걸어 나올 것만 같다.

시대에 아파하고, 자아에 대한 내적 성찰로 인해 괴로워했던 시인의 고뇌와 순수한 열정을 지켜보았을 계절과 그 계절에 맞게 피어나는 꽃. 꽃을 보면서도 그는 이렇게나 많은 것을 생각하고 아파했다고 생각하니, 갑자기 마음이 숙여해진다.

하늘에는 가을로 가득 차 있습니다~ 별 하나에 사랑과~ 별 하나에 쓸쓸함과~

Part 3

이 세상은 가면무도회!
너도, 나도, 그도, 저도 탈바가지를 쓴 채
춤을 춘다

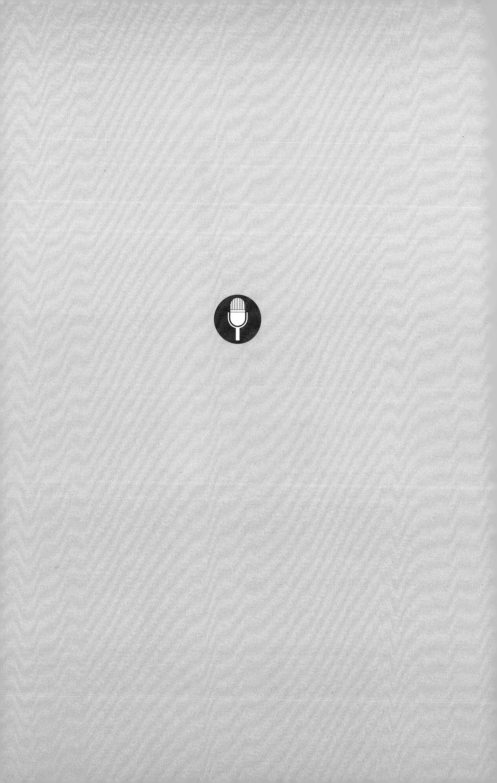

탄탄한 갈대로 화살을 삼아
무사의 마음을 먹고 달을 쏘다

가을이 원망스럽고, 달이 미워진다. 더듬어 돌을 찾아 달을 향해 죽어라고 팔매질을 하였다. 통쾌!
달은 산산이 부서지고 말았다. 그러나 놀란 물결이 잦아들 때 오래잖아 달은 다시 살아난 것이 아
니냐. …… (중략) …… 나는 꼿꼿한 나뭇가지를 골라 띠를 째서 줄을 메워 훌륭한 활을 만들었다.
그리고 좀 탄탄한 갈대로 화살을 삼아 무사의 마음을 먹고, 달을 쏘다.

번거롭던 사위(四圍, 주위)가 잠잠해지고 시계 소리가 또렷하나 보니
밤은 적이(약간, 얼마간) 깊을 대로 깊은 모양이다. 보던 책자(冊子)를 책
상머리에 밀어 놓고 잠자리를 수습한 다음 잠옷을 걸치는 것이다. '딱' 스
위치 소리와 함께 전등을 끄고 창 녘의 침대에 드러누우니 이때까지 밝은
휘―양찬 달밤이었던 것을 감각지 못하였댔다. 이것도 밝은 전등의 혜택
이었을까.

나의 누추한 방이 달빛에 잠겨 아름다운 그림이 된다는 것보다도 오히
려 슬픈 선창(船艙)이 되는 것이다. 창살이 이마로부터 콧마루, 입술 이
렇게 하야가슴에 여민 손등에까지 어른거려 나의 마음을 간질이는 것이
다. 옆에 누운 분의 숨소리에 방은 무시무시해진다. 아이처럼 황황해지
는(허둥거리며 정신이 없어지는) 가슴에 눈을 치떠서 밖을 내다보니, 가

을 하늘은 역시 맑고, 우거진 송림은 한 폭의 묵화(墨畵)다. 달빛은 솔가지에 쏟아져 바람인 양 쏴─소리가 날 듯하다. 들리는 것은 시계 소리와 숨소리와 귀또리(귀뚜라미) 울음뿐. 벅쩍고던(북적대던) 기숙사도 절간보다 더 한층 고요한 것이 아니냐?

나는 깊은 사념(思念)에 잠기기 한창이다. 딴은 사랑스러운 아가씨를 사유(私有)할 수 있는 아름다운 상화(想華, '수필'을 뜻하는 것으로 추정)도 좋고, 어릴 적 미련을 두고 온 고향에의 향수도 좋거니와 그보다는 손쉽게 표현 못 할 심각한 그 무엇이 있다.

바다를 건너온 H군의 편지 사연을 곰곰이 생각할수록 사람과 사람 사이의 감정이란 미묘한 것이다. 감상적인 그에게도 필연코 가을은 왔나 보다.

편지는 너무나 지나치지 않았던가. 그중 한 토막,

"군(君)아! 나는 지금 울며, 울며 이 글을 쓴다. 이 밤도 달이 뜨고, 바람이 불고, 인간인 까닭에 가을이란 흙냄새도 안다. 정(情)의 눈물 따뜻한 예술학도였던 정의 눈물도 이 밤이 마지막이다."

또 마지막 부분에 이런 구절이 있다.

"당신은 나를 영원히 쫓아버리는 것이 정직할 것이오."

나는 이 글의 뉘앙스를 해석할 수 있다. 그러나 사실 나는 그에게 아픈 소리 한마디 한 일이 없고, 서러운 글 한쪽 보낸 일이 없다. 생각건대, 이 죄는 다만 가을에 지워 보낼 수밖에 없다.

홍안서생(紅顔書生, 학문을 닦는 젊은이)으로 이런 단안(斷案)을 내리는 것은 외람한(분수에 넘치는) 일이나 동무란 한낱 괴로운 존재요, 우정이란 진정 위태로운 잔에 떠놓은 물이다. 이 말을 반대할 자 누구랴. 그러나 지기(知己, 자기를 알아주는 친구) 하나 얻기 힘들다 하거늘 알뜰한 동무 하나 잃어버린다는 것은 살을 베여내는 아픔이다.

나는 나를 정원(庭園)에서 발견하고 창을 넘어 나왔다던가, 방 문을 열고 나왔다던가, 왜 나왔느냐는 어리석은 생각에 두뇌를 괴롭게 할 필요는 없는 것이다. 다만 귀뜨람이(귀뚜라미) 울음에도 수줍어지는 코스모스 앞에 그윽이 서서 닥터 필링스의 동상(銅像) 그림자처럼 슬퍼지면 그만이다. 나는 이 마음을 아무에게나 전가시킬 심보는 없다. 옷깃은 민감(敏感)해서 달빛에도 싸늘히 추워지고, 가을 이슬이란 선득선득해서 서러운 사나이의 눈물인 것이다. 발걸음은 몸뚱이를 옮겨 연못 가에 세워줄 때 연못 속에도 역시 가을이 있고, 삼경(三更, 밤 11시에서 새벽 1시)이 있고, 나무가 있고, 달이 있다. (달이 있고……)

그 찰나(刹那, 극히 짧은 시간) 가을이 원망스럽고, 달이 미워진다. 더듬어 돌을 찾아 달을 향해 죽어라고 팔매질을 하였다. 통쾌! 달은 산산이 부서지고 말았다. 그러나 놀란 물결이 잦아들 때 오래잖아 달은 다시 살아난 것이 아니냐. 문득 하늘을 쳐다보니 얄미운 달은 머리 위에서 빈정대는 것을―

나는 꼿꼿한 나뭇가지를 골라 띠를 째서 줄을 메워 훌륭한 활을 만들었다. 그리고 좀 탄탄한 갈대로 화살을 삼아 무사의 마음을 먹고, 달을 쏘다.

윤동주의 작품 속에서 달은 그에 비유되는 자신의 다른 모습이자, 그의 고뇌를 상징한다. 이는 자신과 자신이 사랑하는 사람들의 번뇌를 깨뜨리겠다는 다짐이기도 하다.

이 글에서도 드러나듯이, 윤동주는 시대적 고뇌와 인간적 성찰을 서정적이고 상징적 언어로 표현한 시인이었다. 이에 짧은 생애에도 불구하고 불후의 명작을 많이 남겼다. 하지만 생전에 시집을 펴내진 못했다. 소설가 김송 집에 하숙하며 쓴 〈별 헤는 밤〉, 〈자화상〉 등을 묶어 시집을 내려고 연희전문학교를 졸업하던 1941년 서문으로 〈서시〉까지 지었지만, 일본의 삼엄한 검열로 인해 무산되고 말았다.

평생 자신의 시와 삶을 일치시키려 했던 그의 민족정신은 어느 투사 못지않게 치열했다. '별을 노래하는 마음으로/ 모든 죽어가는 것들을 사랑해야지/ 그리고 나한테 주어진 길을/ 걸어가야겠다'는 〈서시〉의 구절처럼, 그는 독립의 희망을 잃지 않고 죽음의 늪에 빠진 민족을 사랑했고, 자신에게 주어진 길을 걸으며 민족의 제단에 자신을 제물로 바치고 말았다.

'달빛은 솔가지에 쏟아져 바람인 양 솨— 소리가 날 듯하다.'

낯선 감옥에서 귀뚜라미 소리를 벗 삼아 어머니와 동무들을 그리워하며 홀로 눈물 흘렸을 그를 생각하면 울컥한 마음을 금할 수 없다.

햇볕의 아름다운 음악을 들을 때마다

아아, 행복한 아침! 그 신록의 냄새를 맡고, 그 햇볕의 아름다운 음악을 들을 때마다 새로운 기운과 기쁨이 머릿속, 가슴 속, 핏속까지 가득 생기는 것을 느낀다.

아아, 상쾌하다!

이렇게 상쾌한 아침이 다른 계절에도 있을까? 물에 젖은 은빛 햇볕에 향긋한 풀냄새가 떠오르는 첫여름의 아침! 어쩌면 이렇게도 상쾌할까.

보라! 밤사이에 한층 더 자란 새파란 잎이 해맑은 아침 기운을 토하고 있지 않느냐. 바람에 코를 간질이는 것이 새파랗고 향긋한 풀냄새가 아니냐. 그리고 그 파란 잎과 그 파란 풀에 거룩하게 비치는 물기 있는 햇볕에서 아름다운 새벽 음악이 들려오지 않느냐.

아아, 행복한 아침!

그 신록의 냄새를 맡고, 그 햇볕의 아름다운 음악을 들을 때마다 새로운 기운과 기쁨이 머릿속, 가슴 속, 핏속까지 가득 생기는 것을 느낀다.

참 맑은 글이다. 되뇔수록 글이 주는 여운이 깊고 투명하다.

방정환은 가난했지만 늘 당당했고 유머가 넘치는 사람이었다. 또한, 뛰어난 문장가로 이름이 높았다. 특히 당대 최고 문장가들이 한문 어투로 글을 쓴 데 반해, 그의 글은 요즘 작가들의 글처럼 현대적일 뿐만 아니라 주제 역시 새로움을 추구했다. 그래서 전혀 낯설지가 않다.

이 글만 해도 1920년대에 쓴 것임에도 주제나 관심사에서 도저히 70여 년 전에 쓴 글이라는 사실이 믿기지 않을 정도다. 이는 그가 항상 어린이처럼 순수한 마음과 영혼을 가졌기에 가능했던 게 아닐까.

첫여름은 초여름을 말하는 것으로 5월~6월경을 말한다. 지금도 그렇지만 방정환이 활동하던 당시에도 초여름의 아침은 매우 상쾌했나 보다. 문득, 파란 풀에 거룩하게 비치는 물기 있는 햇볕에서 아름다운 새벽 음악이 들려오는 그 시절의 첫여름이 그립다.

쫄쫄 내솟는 샘물 소리도 좋고,
촐랑촐랑 흘러내리는 시내도 좋다

쫄쫄 내솟는 샘물 소리도 좋고, 촐랑촐랑 흘러내리는 시내도 좋다. …… (중략) …… 산 한 중턱에
번듯이 누워 마을의 이런 생활을 내려다보면 마치 그림을 보는 듯하다. 물론 이지(理知) 없는 무식한
생활이다. 그러나 좀 더 유심히 관찰하면 이지 없는 생활이 아니고는 맛볼 수 없는 그런 순결한 정서
를 느끼게 된다.

나의 고향은 저 강원도 산골이다. 춘천읍에서 한 20리가량 산을 끼고
꼬불꼬불 돌아 들어가면 내닫는 조그마한 마을이다. 앞뒤 좌우에 굵직굵
직한 산들이 빽 둘러섰고 그 속에 묻힌 아늑한 마을이다. 그 속에 묻힌 모
양이 마치 움푹한 떡시루 같다고 해서 동명을 '실레'라고 부른다. 집이라
야 대부분 쓰러질 듯한 헌 초가요, 그나마도 50여 호밖에 안 되는 말하자
면 아주 빈약한 촌락이다. 그러나 산천의 풍경으로 따지면 하나 흠잡을
데 없는 귀여운 전원이다.

산에는 기화요초(琪花瑤草, 옥같이 고운 풀에 핀 구슬같이 아름다운
꽃)로 바닥을 틀었고, 여기저기에 졸졸거리며 내솟는 약수도 맑고, 그리
고 머리 위에서 골골거리며 까치와 시비하는 노란 꾀꼬리 소리도 좋다.
주위가 이렇게 시적(詩的)이니만큼 사람들의 생활도 어디인가 시적이

다. 어수룩하고 꾸물꾸물 일만 하는 그들을 대하면 딴 세상 사람을 보는 듯하다.

벽촌이라 교통이 불편함으로 현 사회와 거래가 드물다. 편지도 나달에 한 번씩밖에 안 온다. 그것도 배달부가 자전거로 이 산골짝까지 오기가 괴로워서 도중에 마을 사람을 만나면 편지 좀 전해달라고 부탁하고는 도로 가기도 한다. 이렇게 도회와 인연이 멀음으로 그 인심도 그리 야박(野薄)지가 못하다. 물론 극히 궁한 생활이 아닌 것도 아니나, 그들은 아직 악착(齷齪)한 행동을 모른다. 그 증거로 아직 내 기억에는 상해사건으로 마을의 소동을 일으킨 적이 없다. 그들이 모여서 일하는 것을 보아도 퍽 우의적(友誼的)이요, 유쾌하기 그지없다.

5월쯤 되면 농가는 한창 바쁠 때다. 밭의 일도 급하거니와 논에 모도 내야 하기 때문이다. 하지만 그에 앞서 논에 거름을 할 갈(거름으로 사용하는 풀의 종류)이 필요하다. 갈을 꺾는 데는 갈잎이 알맞게 흐드러졌을 때, 그리고 쇠기 전에 부랴사랴 꺾어내려야 한다. 이러한 경우에는 일시에 많은 품이 든다. 이에 여남은씩 한 떼가 되어 돌려가며 품앗이로 일한다. 이 것은 일의 권태를 잊게 할뿐만아니라 일의 능률까지 오르게 한다.

갈 때가 되면 산골에서는 노유(老幼, 어린이와 아이)를 막론하고 무슨 명절이나 된 것처럼 공연히 기껍다(기쁘다). 왜냐면 갈 꾼을 위하여 막걸리며, 고등어, 콩나물, 두부에 이밥(쌀밥) ― 이렇게 별식(別食)이 벌어지기 때문이다.

농군 하면 얼뜬(얼른) 앉은 자리에서 밥 몇 그릇씩 해치우는 탐식가로

정평이 났다. 사실 갈을 꺾을 때 그들이 먹는 식품은 놀라운 것이다. 그리고 그렇게 먹지 않으면 몸이 감당하지 못할 정도로 일 역시 고되다. 높고 큰 산을 헤매며 갈을 꺾어서 한 짐 잔뜩 지고 오르내리자면 방울땀이 떨어지니 여느 일과 노동의 강도가 다르다. 그러니만큼 산골에서는 갈 꾼만은 특히 잘 먹이고 잘 대접하는 법이다.

개동(開東, 해가 뜰 때)부터 어두울 때까지 그들은 밥을 다섯 끼를 먹는다. 다시 말하면, 조반, 점심 겨누리(농사꾼이나 일꾼들이 끼니 외에 참참이 먹는 음식의 강원도 방언), 점심, 저녁 겨누리, 저녁 — 이렇게 여러 번 먹는다. 게다가 참참이 먹는 막걸리까지 친다면 하루에 무려 여덟 번을 식사하는 셈이다. 그것도 감투밥(밥그릇 위로 수북이 솟아오르도록 가득 담은 밥)으로 쳐올려 담은 큰 그릇의 밥사발로 말이다.

"아, 잘 먹었다. 이렇게 먹어야 허리가 안 휘어?"

이것이 그들이 가진 지식이다. 과로하여 허리가 아픈 것을 모르고 먹은 밥이 삭아서 창자가 홀쭉하니까 허리가 휘는 줄로만 안다. 그러니까 빈창자에 연실 밥을 메워 꼿꼿이 만들어야 허리도 펴질 것으로 알고 굳이 먹는 것이다.

갈 꾼들은 흔히 바깥뜰에 멍석을 펴고 쭉 둘러앉아서 술이고, 밥이고, 함께 즐긴다. 어쩌다 동네 사람이 그 앞을 지나가게 되면 그들을 손짓으로 부른다.

"여보게 이리와 한잔하게?"

"밥이 따스하니 한술 뜨게 유?"

이렇게 옆 사람을 불러서 같이 음식을 나누는 것이 그들의 예의다. 어떤 사람은 아무개 집의 갈을 꺾는다고 하면 일부러 찾아와 제 몫을 당당히 보고 가는 이도 있다.

나도 고향에 있을 때 갈 꾼에게 여러 번 얻어먹었다. 그 막걸리의 맛도 좋거니와 웅게중게(옹기종기) 모여 한 가족같이 주고받는 그 기분만도 몹시 즐겁다. 산골이 아니면 보기 어려운 귀여운 단란(團欒)이다. 그리고 산골에는 잔디도 좋다. 산비알(산비탈)에 포근히 깔린 잔디는 저절로 침대가 된다. 그 위에 바둑이와 같이 벌룽 자빠져서 묵상하는 재미도 좋다. 여길 보아도 저길 보아도 우뚝우뚝 서 있는 모조리 푸른 산이매 잡음 하나 들리지 않는다. 이런 산속에 누워 생각하자면 비로소 자연의 아름다움을 고요히 느끼게 된다. 머리 위로 날아드는 새들도 갖가지다. 어떤 놈은 밤나무 가지에 앉아서 한 다리를 바짝 들고는 기름한 꽁지를 휘휘 내두르며,

'삐—죽! 삐—죽!'

이렇게 노래를 부른다.

그러면 이번에는 하얀새가,

'뺑!' 하고 날아와 앉아서는 고개를 까땍까땍(까딱까딱)하다가 도루 '뺑!' 하고 달아난다. 혹은 나무줄기를 쪼며 돌아다니는 딱따구리도 있고. 떼를 지어 푸른 가지에서 유희를 하며 지저귀는 꾀꼬리도 몹시 귀엽다.

산골에는 초목의 냄새까지도 특수하다. 더욱이 새로 난 잎이 한창 흐드러질 임시하야 바람에 풍기는 그 향취는 일필로 형용하기 어렵다. 말하자

면 개운한 그리고 졸음을 청하는 듯한 그런 나른한 향기다. 일종의 선정적 매력을 느끼게 하는 짙은 향기다.

뻐꾸기도 이 냄새에는 민감한 모양이다. 이때부터 하나둘 울기 시작하기 때문이다. 한 해 만에 뻐꾸기 울음을 처음 들을 때처럼 반가운 일은 없다. 우울하고 구슬픈 그 울음을 들으면 가뜩이나 한적한 마을이 더욱 느러지게(여기저기 널려 있는 모양) 보인다.

다른 곳은 논이나 밭을 갈 때 노래가 없다고 한다. 그러나 산골에는 소 모는 노래가 따로 있어 논밭 일에 소를 부릴 때면 으레 그 노래를 부른다. 소들도 세련(洗鍊, 서투르거나 어색한 데 없이 능숙하게 잘 다듬어져 있는 모양)이 되어 주인이 부르는 그 노래를 잘 이해하고 있다. 그래서 노래대로 좌우로 방향을 바꾸기도 하고, 또는 보조 속도를 느리고 주리고 순종하기도 한다. 먼발치에서 소를 몰며 처량히 부르는 그 노래도 좋다. 이것이 모두 산골이 홀로 가질 수 있는 성스러운 음악이다.

산골의 음악으로 치면 물소리도 뺄 수 없으리라. 쫄쫄 내솟는 샘물 소리도 좋고, 촐랑촐랑 흘러내리는 시내도 좋다. 그러나 세차게 콸콸 쏠려 내리는 큰 내를 대하면 정신이 번쩍 든다.

논에 모를 내는 것도 이맘때다. 시골에서는 모를 낼 때면 새로운 희망으로 가득하다. 그들은 즐거운 노래를 불러가며 한 포기 모를 심고 가을의 수확을 연상한다. 농군에게 있어 모는 그야말로 자식과 같이 귀중한 물건이다. 모를 내고 나면 그들은 그것만으로도 한 해의 농사를 다 지은 듯싶다.

아낙네들도 일꾼에게 밥을 해내기에 눈코 뜰 새 없이 바쁘다. 그리고 큰 함지에 담아서이고는 일터까지 나르지 않으면 안 된다. 아이들은 그 함지 끝에 줄레줄레 따라다니며 묵묵히 제 몫을 요구한다. 그리고 갈 때 전후하여 송화(松花, 소나무 꽃가루)가 한창이다. 바람이라도 세게 불 때면 시내 면(面)에 송홧가루가 노랗게 옮긴다.

아낙네들은 기회를 타서 머리에 수건을 쓰고 산으로 송화를 따러 간다. 혹은 나무 위에서, 혹은 나무 아래서 서로 맞붙어 일하며, 저이도 모를 소리를 몇 마디씩 지껄이다가 포복절도할 듯이 깔깔대고 하는 것이다. 이것이 오월 경 산골의 생활이다.

산 한 중턱에 번듯이 누워 마을의 이런 생활을 내려다보면 마치 그림을 보는 듯하다. 물론 이지(理知) 없는 무식한 생활이다. 그러나 좀 더 유심히 관찰하면 이지 없는 생활이 아니고는 맛볼 수 없는 그런 순결한 정서를 느끼게 된다.

내가 고향을 떠난 지 한 사 년쯤 되었다. 그동안 얼마나 산천이 변했는지 모르겠다. 그러나 금쟁이(금광업자)의 화를 아직 입지 않은 곳이매, 상전벽해(桑田碧海)의 변(變)은 없으리라.

내내 건재(健在)하기 바란다.

실레마을은 김유정이 태를 묻은 고향이기도 하지만 서른 편 남짓한 그의 소설 중 열두 편의 배경이 된 곳이기도 하다. 김유정의 문학의 산실인

셈이다.

1930년 연희전문학교를 중퇴하고 낙향한 그는 형의 집 사랑채를 이용해 야학을 운영했다. 그러나 곧 불에 타 마을 청년들과 함께 '금병의숙(야학당)'을 짓게 된다. 금병산에서 올라가 나무를 베어다가 직접 건물을 지은 데서 붙여진 이름이다. 이곳에서 그는 당시 춘원 이광수가 벌이던 브나로드 운동의 영향을 받아 문맹 퇴치 운동을 본격적으로 벌였다.

현재 그곳에는 김유정 문학촌이 들어서 있어 많은 사람에게 그의 문학 정신을 전달하고 있다. 하지만 안타깝게도 정작 그의 손때 묻은 유품은 단 한 점도 남아 있지 않다. 그가 죽자 그와 친한 친구 사이였던 소설가 안회남이 전집을 내준다는 이유를 대며 유품을 모아놓은 보따리를 가져간 후 월북을 해버렸기 때문이다.

안회남은 그와 관련해서 다음과 같이 말한 바 있다.

"유정이 남기고 간 것, 많은 유고와 연애편지를 쓰다 둔 것과 일기, 좌우명, 사진, 책 이런 것들을 전부 내가 보관하여 가지고 있는데, 한 가지 없어진 것이 있다. 그것은 다만 한 장 있던 그의 어머니 사진이다."

일곱 살에 어머니를 여읜 김유정은 항상 어머니 사진을 가슴에 넣고 다녔다고 한다. 그렇다면 그 사진 역시 김유정이 가슴에 품고 간 것은 아닐까. 그래서 5월의 산골짜기 역시 어머니의 품처럼 그렇게 따뜻하게 다가왔던 것은 아닐까.

봄은 단술과도 같아서
사람을 취하게 한다

봄은 단술과도 같아서 사람을 취하게 한다. 우리는 봄에 취함으로써 한 치 한 치 자라간다. 한 걸음, 두 걸음 앞을 그리워한다. 겨울 나뭇가지 같은 앙상한 신경에 기름이 돌고 갇히었던 마음에 싹이 돋는다. 미래를 향하여 싹트는 마음은 새로운 것이다. …… (중략) …… 우리는 봄을 맞자. 봄은 우리를 맞으라. 우리는 그대를 맞으리라.

"봄을 맞는다."

말로만 들어도 좋은 것이다. 그러나 사람이 봄을 맞는지 봄이 사람을 맞는지 분간하기 어려운 일이다.

내 생각 같아서는 아직도 혈관에서 붉은 피가 소용돌이를 치니까 봄을 맞는다는 말이 나오나 보다. 하지만 사람이라는 것도 죽기만 하는 것은 아니다. 나고 죽고 나서 "중생은 무궁무진한 것이니라." 라고 한 부처님의 말씀이 아니라도 우리는 우리의 경험으로써 사람의 끈이란 억천만 대의 꿰어놓은 한 구슬 꾸러미인 것을 알 수 있다. 그러니 가고 오고, 오고 가는 봄의 생명인들 별다를 것 없다.

그러고 보면 '봄을 맞는다'는 말은 사람이 봄을 맞는지 봄이 사람을 맞는지 더욱 분간하기 어렵다. 그러나 그것은 우리에게 큰 문제는 아니다.

봄이 사람을 맞든지 사람이 봄을 맞든지 그것은 아무런 상관없는 일이기 때문이다.

봄은 계절의 젊은이다. 그래서 우리에게 큰 충동을 준다. 우리는 젊었다. 젊은 우리는 우리를 싸고 흐르는 계절의 젊은이와 마주칠 때마다 가슴에 잠겼던 마음이 흔들리는 것을 느끼지 않을 수 없다. 흔들리는 그 마음은 지향 없는 어지러운 물결은 아니다. 젊은 그 마음의 움직임은 새싹과 같은 움직임이다. 그것은 장차 바위라도 뚫고 푸른 하늘, 빛나는 햇발을 향하여 솟아오르고야 말 것이다.

"봄은 단술과도 같아서 사람을 취하게 한다."

그렇다. 봄은 우리를 취하게 한다. 그러나 그것은 술맛은 아니다.

우리의 뇌를 마비시키는 그런 것도 아니다.

우리는 봄에 취함으로써 한 치 한 치 자라간다. 한 걸음, 두 걸음 앞을 그리워한다. 겨울 나뭇가지 같은 앙상한 신경에 기름이 돌고 갇히었던 마음에 싹이 돋는다.

미래를 향하여 싹트는 마음은 새로운 것이다.

앞길을 생각하고 졸이는 마음은 옛날을 생각하고 졸이는 마음과는 같이 말할 것이 아니다.

우리는 봄을 맞자.

봄은 우리를 맞으라. 우리는 그대를 맞으리라.

'봄——' 이 얼마나 좋은 소식이냐.

우리는 그를 그렸거니와 그도 우리를 그렸을 것이다. 젊은이가 젊은이를 그렸을 것이다. 그리던 그 봄이거니, 그리던 그를 어찌 기쁨으로써 맞지 않으랴.

"동백 숲은 바닷바람에 수런거린다. 동백꽃은 해안선을 가득 메우고도 군집으로서의 현란한 힘을 이루지 않는다. 동백은 한 송이의 개별자로서 제각기 피어나고, 제각기 떨어진다. 동백은 떨어져 죽을 때 주접스런 꼴을 보이지 않는다. 절정에 도달한 그 꽃이, 마치 백제가 무너지듯이, 절정에서 문득 추락해버린다. '눈물처럼 후두둑' 떨어져 버린다."

소설가 김훈이 그의 책《자전거 여행》에서 동백꽃에 대해 묘사한 글이다. 특이한 점은 꽃이 피는 모습을 나무가 몸속의 꽃을 밖으로 밀어내는 것이라고 표현했다는 것이다. 이를테면, 산수유는 어른거리는 꽃의 그림자로 피어난다고 했고, 목련 꽃은 자의식에 가득 찬 존재의 중량감을 과시하면서 한사코 하늘을 향해 봉우리를 추켜올린다고 했다. 이렇듯 봄을 향한 그의 글은 화려하게 만개한 봄꽃만큼이나 화사하기 그지없다.

흔히 최서해 문학을 가리켜 '빈궁문학'이라고 한다. 그의 문학이 체험에 바탕을 둔 '가난'을 소재로 하고 있기 때문이다. 이는 그의 출신 성분과 무관하지 않다. 그는 빈농의 아들로 태어나 겨우 보통학교 3학년을 마친 후 간도로 건너가 유랑생활을 했고, 머슴, 잡역부, 부두 노동자 등 흔히 얘기하는 밑바닥 노동생활을 직접 체험했다. 그러다 보니 그의 글은 어떤 작가의 작품보다도 더 생생하고 사실적인 표현이 많다. 그래서일까. 그는 당시 성행하던 프로문학이 지향하는 바와 방향을 같이해 문단에 나오자마자 일약 문단의 총아(寵兒, 시운을 타고 입신하여 출세한 사람)가 되었다. 하지만 그것도 잠시. 어린 딸아이가 죽고, 아내가 도망가는 현실과 마주해야만 했다.

이 글은 그가 1929년 쓴 것으로 봄을 맞는 기쁨과 설렘, 희망을 표현하고 있다. 세상 그 어떤 아름다운 수식어도 봄을 이렇듯 가슴 떨리고 맛있게 표현할 수는 없을 것이다.

괴로워하는 것을 낙으로 삼는 것이
인생 본래의 사는 재미인지도 모른다

먹을 줄 모르는 술이라도 이런 곳에서는 먹어야 한다는 것일까. 억지로라도 술을 먹어야만 향락이 되는 것일까. 어쩌자고 먹을 사람도 없는 술을 이렇게도 많이 준비했을까. 처치 곤란할 것이란 걸 몰랐을까. 결국, 맥주 몇 잔에도 나는 괴로웠다. 어쩌면 스스로 괴롭게 만들어 놓고, 괴로워하는 것을 낙으로 삼는 것이 인생 본래의 사는 재미인지도 모른다.

정릉(貞陵)의 산속은 새소리 없이도 푸르다. 물소리만이 그저 쏴아— 쏴 골짜기마다 들릴 뿐인데, 산은 푸르디푸르렀다. 그러니 정기(精氣, 생기 있고 빛나는 기운)만으로도 푸른 그 기개(氣槪, 씩씩한 기상과 곧은 절개)만은 장하다 아니 할 수 없다. 그러나 적어도 이만한 녹음(綠陰)이라면 꾀꼬리 소리 한마디쯤 들어야 하지 않을까.

나는 본래 산이나 바다의 취미를 모른다. 그런데도 오늘 정릉을 찾게 된 것은 녹음의 유혹 때문이 아닌 사우들의 종용(慫慂, 잘 설득하고 달래어 권함) 때문이었다. 그러니 그까짓 녹음이야 짙건 말건, 꾀꼬리야 울건 말건, 나와 무슨 상관이랴. 하지만 이 녹음에, 이 물소리라면 적어도 꾀꼬리 소리 한마디쯤은 있어야 면목이 설 것 아닌가. 그런데 어쩌다 숲 속을 오가는 밀화부리(되샛과의 새) 소리 한마디 들을 수 없으니 안타까울 뿐이다.

　그런 것을 사람들은 이런 녹음도 좋다고들 모여든다. 우리도 그리 늦은 편은 아니었건만, 언제들 이렇게 떨쳐났는지, 아직 정오가 멀었음에도 산은 사람으로 가득했다. 아니, 곳에 따라서는 벌써 도도한 취흥에 꼽당춤(허리춤)에 냄비 장단이 한창인 곳도 있었다. 우리 일행도 물이 흐르는 골짜기 한 곳을 정하고 짐을 풀었다. 소고기 · 닭고기 · 달걀 · 과자 · 술 · 쌀……. 거기에 그것들을 요리할 도구들이 자전거로 하나 가득 실려 왔다.

　그러고 보면 논다는 것은 결국 먹는다는 의미가 아닐까 싶다. 제아무리 명승경개(名勝景慨, 이름나고 빼어난 경치)를 대했다고 하더라도, 그것이 향락으로서의 본의였다면 반드시 먹는 일항(一項, 항목)이 따라야만 그 의의를 지니게 되는 것 같기 때문이다. 하지만 먹을 줄 모르는 것까지 먹어야 하는데 그 의의가 있다면, 나는 향락의 존재에 의심을 품지 않을 수 없다.

　칠팔 명의 일행 중 단 한 사람만이 호주객(술을 아주 좋아하는 사람)이요, 다른 이는 모두 비주객(술을 매우 싫어하는 사람)이었다. 그런데 짐속에서 소주가 한 되, 맥주가 서너 병이나 나왔다. 먹을 줄 모르는 술이라도 이런 곳에서는 먹어야 한다는 것일까. 억지로라도 술을 먹어야만 향락이 되는 것일까. 어쩌자고 먹을 사람도 없는 술을 이렇게도 많이 준비했을까. 처치 곤란할 것이란 걸 몰랐을까. 결국, 맥주 몇 잔에도 나는 괴로웠다. 어쩌면 스스로 괴롭게 만들어 놓고, 괴로워하는 것을 낙으로 삼는 것이 인생 본래의 사는 재미인지도 모른다.

잠시 후 육자배기 장타령에 산을 떠나보낼 듯이 떠들던 사람들 역시 이내 모두 혼곤해졌다(정신이 흐릿하고 고달파지다). 과연, 이는 즐거운 현상일까, 괴로운 현상일까. 나도 한번 한껏 취하여 그들의 심경에까지 이르러 봄으로, 그들과 같은 심경에서 인생을 한번 내다보고 싶지만, 몇 잔만으로도 괴로우니, 도저히 그런 경지에까지 이르지 못할 주량이 한스러울 뿐이다.

"자, 한 잔 더?"

하지만 간절한 권고에도 불구하고, 주량이 영 말을 듣지 않았다. 그러니, 나는 인생의 밑바닥을 들어가서는 살아볼 수 없는 영원한 인생의 초년병인가 보다.

"녹음방초승화시(綠陰芳草勝花時, 나뭇잎이 푸르게 우거진 그늘과 향기로운 풀이 꽃보다 나을 때. 즉, 첫여름을 뜻함)에⋯⋯."

어디선가 이런 곡조가 흘러드는 것을 보면, 사람은 술에만 취하는 것이 아닌가 보다. 녹음에도 취할 수 있는 것이리라. 그러니 녹음에도, 술에도 취할 수 없는 나 같은 인생은 결국 괴로움의 의의를 모르는 것이 아닐까. 그렇다면 녹음도, 술도 모르는 괴로운 내 마음은 과연 무엇을 의미하는 괴로움일까.

만산에 주흥이 물소리처럼 골짜기마다 가득 찼는데, 오직 침묵으로 물소리만 흘려내려 보내는 이 골짜기는 좋은 의미에서건, 나쁜 의미에서건 녹음도, 술도 무시한 이 날의 최고 히트임에 틀림없다.

흔히 '인생파 작가'로 불리는 계용묵은 초기에 식민지 시대의 궁벽한 현실을 살아가는 하층민들의 삶을 주로 다뤘다. 지주의 횡포를 견디지 못해 유랑민으로 전락한 소작인을 그린 〈최서방〉이나 탄광 노동자로 끌려 갔다가 불구의 몸이 된 주인공을 등장시킨 〈인두지주〉 등이 바로 그것이다. 그러다가 〈백치 아다다〉를 기점으로 소박한 인간적 가치에 주목하는 작품을 쓰기 시작해 신체적 결함을 지닌 인물을 주인공으로 내세우는 등 소외된 자들에 대한 연민을 작품에 담았다. 〈백치 아다다〉가 시공을 뛰어넘어 많은 사람에게 읽히는 것은 바로 그 때문이다.

계용묵의 수필은 그의 성격만큼이나 담백하고 솔직하며 희극적이다. 이 글 역시 여름 더위를 피해 신문사 직원들과 함께 정릉을 찾았던 일을 담백하게 그리고 있다. 이는 그의 대표적인 수필 작품인 〈구두〉에서도 여지없이 드러난다. 마치 한편의 콩트를 보는 듯한 느낌이다.

"어느 날 초어스름이었다. 좀 바쁜 일이 있어 창경원 곁 담을 끼고 걸어 내려오노라니까 앞에서 걸어가던 이십 내외의 어떤 한 젊은 여자가 이 이상하게 또그닥거리는 구두 소리에 안심이 되지 않는 모양으로 슬쩍 고개를 돌려 또그닥 소리의 주인공을 물색하고 나더니 별안간 걸음이 빨라진다.

그러는 걸 나는 그저 그러는가 보다 하고 내가 걸어야 할 길만 그대로 걷고 있었더니, 얼마쯤 가다가 이 여자는 또 뒤를 한 번 힐끗 돌아다본다. 그리고 자기와 나와의 거리가 불과 지척 사이임을 알고는 빨라지는 걸음이 보통이 아니었다. 뛰다 싶은 걸음으로 치맛귀가 옹이하게 내닫는다. 나의 그 또그닥거리는 구두 소리는 분명 자기를 위협하느라고 일부러 그렇게 따악 딱 땅바닥을 박아내며 걷는 줄로만 아는 모양이다."

가벼운 바람에도 민첩하게
파르르 나부끼는 사시나무 숲

가벼운 바람에도 민첩하게 파르르 나부끼는 사시나무 숲― 밤하늘에 떨리는 별의 무리보다도
지천으로 흩어져 골짜기 여울물처럼 쉴 새 없이 노래하는― 자연의 악보 속에서 가장 아름다운
곡만을 골라낸 그 조촐한 나뭇잎― 그 아름다운 음악이 잠시라도 마음속을 떠난 적이 있던가.
피곤한 마음을 채워주는 것은 그 음악인 것을.

똑바로 바라보기 어려운 성모(聖母)의 옷자락 같은 푸른 하늘에 물고
기 비늘처럼 뿌려진 조각구름 떼―혹은 바닷가 모래밭에 널린 조개껍데
기를 그대로 거꾸로 비춰낸 듯한 하늘 바다의 조각구름 떼―세상에서 가
장 아름다운 것을 찾을 때 서슴지 않고 그것을 들 수 있는 그 아름다운 구
름 떼가― 한때라도 마음속에서 잊힌 일이 있던가. 고달픈 마음을 풍선
처럼 가볍게 해주는 것이 그 구름이거늘.

가벼운 바람에도 민첩하게 파르르 나부끼는 사시나무 숲―밤하늘에
떨리는 별의 무리보다도 지천으로 흩어져 골짜기 여울물처럼 쉴 새 없이
노래하는―자연의 악보 속에서 가장 아름다운 곡만을 골라낸 그 조촐한
나뭇잎―그 아름다운 음악이 잠시라도 마음속을 떠난 적이 있던가. 피
곤한 마음을 채워주는 것은 그 음악인 것을. 살결보다도 희고, 백지보다

도근심 없는 자작나무의 몸결—밝은 이지를 갖고 있으면서도 결코 불안을 주지 않는 맑고 높고 외로운 성격—그러므로 벌판과 야산에 사는 법 없이 심산과 지협에만 돋아나는 고결한 자작나무의 모양이—그 어느 때 마음의 눈앞에서 사라진 적이 있던가.

때 묻은 지혜와 걱정을 잊게 해주는 그 신령들이, 지친 마음에 항상 생각하고 바라는 것은 그리운 지협의 조각구름과 사시나무와 자작나무. 산문에 시달려 노래를 잊은 마음을 비춰주는 것은 그 거룩한 풍물이다. 쇠잔한 건강에 어간유(魚肝油, 상어·대구·명태·연어 따위의 신선한 간에서 얻은 기름)를 마시다가도 문득 코를 스치는 물고기 냄새에 풀려 나오는 생각은 개울과 나무와 지협의 그림이다.

마음을 살릴 것은 거리도 아니오, 도서관도 아니오, 호텔도 아니오, 일등선실도 아니오, 여객기도 아니오, 어간유도 아니오, 지협의 어간유일 뿐— 시내와 구름과 나무와 그것을 생각할 때만 나의 마음은 뛰고 빛이 난다. 구름을 꿈꾸고 나뭇잎 노래를 들을 때만 마음은 날개를 펴고 한결같이 훨훨 날아난다. 날아난다.

−숭실 소재, 졸시(拙詩)〈지협〉에서

지난해 한여름을 거리에서 지내면서 피서를 가지 못한 한을 한 편의 시〈지협〉으로 때웠다.

지협의 풍경을 말하고 사모할 때 나는 항상 주을(朱乙) 지협(地峽, 두 개의 육지를 연결하는 좁고 잘록한 땅)의 그것을 마음속에 떠올리곤 한다. 시의 성불성(成不成, 일이 되고 안 됨)에 대해서는 잘 모른다. 하지만 그 상념만은 매우 간절하기 그지없다. 그렇듯 그곳의 풍물은 나의 마음을 끈다.

피서지찬(避暑地讚)을 쓰려고 할 때 가장 먼저 떠오른 곳 역시 그곳이었다. 바다로 말하자면 송도원(松濤園, 함경남도 원산에 있는 해안 휴양지)이 으뜸이오, 송도가 빼어나며, 용현(龍峴)이 맑고, 그다지 이름은 나지 않았지만 독진해변(獨津海邊) 역시 결코 그에 뒤지지 않는다.

해변은 활달해서 시원스럽기는 하지만, 바닷물이 산협의 개울만큼 깨끗할 수는 없다. 주위로 말하더라도 넓고 헤벌어진(어울리지 않게 넓은) 바다보다는 아늑하고 감감한 산속이 고비 고비에 신비함을 감추고 있어서 잔맛이 있다.

늘 푸른 한 그루의 황양목(회양목과에 딸린 늘푸른좀나무)이 새삼스럽게 눈을 끈다. 버드나무 가지 끝이 푸른 물을 머금었음이 확실하고, 먼 과수원의 자줏빛이 한층 더 짙어졌음이 분명하다. 집안의 봄은 새달 잡지의 지나치게 민첩한 시절의 사진으로부터 오고, 거리의 봄은 화초 가지와 과일가게에서 재빨리 느낄 수 있다. 그러나 이제 눈에 띄는 모든 것에서 봄의 기색을 살필 수 있게 되었다. 화초가게 유리창 안을 장식하고 있는 시네라리아, 프리뮬러, 시크라멘, 프리지어 등 아름다운 색채의 화분은 벌써 창밖에 내놓아도 좋을 법하며, 과일가게를 빛나게 하는 감귤류의 향기와 수입 바나나의 설익은 푸른빛처럼 봄의 맛을 느끼게 하는 것도 드물다. 다가오는 봄은 붙들 수 없는 힘이며, 막을 수 없는 흐름이다.

늘 오는 봄, 올 때 되면 꼭 오는 봄, 그까짓 것 오건 말건 하던 생각은 사라지고, 봄이 점점 절실히 기다려지게 되는 것은 무슨 까닭일까. 얼른 봄이 짙어 풀이 나고, 꽃이 피고, 나무가 우거지고, 그 속에서 새가 모이고, 나비가 날고, 벌레가 울었으면 하는 바람이 나날이 해가 갈수록 늘어갈 뿐이다. 자연의 좋음이 진실로 뼈에 사무치는 까닭이 아닌가 싶다. 너무도 흔하고 당연하기 때문에 무관심하게 지내던 것이 차차 아름다움을 철저하게 깨닫게 된 까닭인 듯싶다.

다시 생각해봐도 자연처럼 아름다운 것은 없다. 이를 부드럽고 슬픈 언어를 통해 은유적으로 들려주는 것이 시인이라면, 셸리(Percy Bysshe Shelley, 영국의 가장 유명한 낭만파 시인)의 시는 과연 무엇을 의미한단 말인가.

이효석은 주을에 관한 글을 유난히 많이 남겼다. 이 역시 그의 성격이나 병약했던 건강과 관계가 깊다.

주을은 함경북도 경성 남쪽에 있는 읍으로 일제 강점기 당시 '조선의 알프스'라고 불릴 만큼 자연 풍광이 아름다운 곳으로 유명했다. 특히 일대의 탄전 개발과 방직 공장 건설로 인해 언제나 활기가 넘쳤고 서구의 유물이 다른 곳보다 빨리 들어왔다.

이효석은 1932년 아내의 고향이기도 한 함경북도 경성의 농업학교 영어교사로 부임하면서 주을온천과 서구풍 카페 등을 쫓아다니며 이국의 정취에 흠뻑 빠져든다. 그리고 4년 후 숭실전문학교 교수로 취임하게 되어 그곳을 떠날 때까지 미국과 일본, 러시아와 유럽의 문화를 즐기며 동경했다.

주을 지협의 아름다움에 대해서 묘사하고 있는 이 글은 1937년 8월《조광》에 발표한 것으로 수많은 그의 작품 가운데서도 작품성 면에서 높은 평가를 받고 있다.

녹음 짙은 포플러가
미풍을 받아 가볍게 흔들린다

벌써 해가 반 길이나 더 솟았다. 넓은 마당에 곱게 깔린 클로버의 이슬방울이 오색으로 영롱하게
빛난다. 녹음 짙은 포플러가 미풍을 받아 가볍게 흔들린다. 까치 한 마리가 앉아 있다가 무엇에
놀랐는지 깍깍 울면서 날아간다.

모처럼 아침 산책을 하느라 지팡이를 끌고 나섰다. 밤을 꼬박 새운 전등
이 그대로 선하품을 자아낸다.

5시 30분. 나만 부지런한 줄 알았더니, 해가 벌써 한 뼘이나 높이 솟았
다. 장으로 묵이라도 팔러 가는지 머리에 광주리를 인 여인의 걸음이 몹
시 바쁘다.

서늘할 만큼 아침 기운이 시원하고 맑다. 송도는 분지(盆地, 해발 고도
가 더 높은 지형으로 둘러싸인 평지)여서 공기가 그다지 좋지 않지만, 아
침만큼은 별개다.

밭 가운데로 길이 난 고구마 밭의 고구마 덩굴이 이제 제법 탐스럽게 엉
켰다. 잎사귀에 이슬이 함빡 젖어 비 맞은 뒤처럼 윤기가 흐른다. 건너편
언덕 비탈에 이파리와 가지가 한참 피어오르는 사과밭이 보인다. 서향이

라서 짙은 음영이 가득 드리웠다. 용수산 기슭으로 아침 안개가 엷게 덮여 있는 것이, 점점 더워지던 날씨가 오늘은 더 더울 것 같다.

'가죽바위'의 우물은 날이 가물어도 언제나 곤곤히 넘쳐흐른다. 우물 깊이라야 반 길이 될까 말까 하지만 바닥에 적지 않은 바위가 깔려있다. 기실, 우물이라기보다는 산 밑에 있는 샘물이라고 할 수 있다. 그래도 이 우물 하나로 온 동네 사람들이 다 먹고산다. 맑게 넘쳐흐르는 것이 보는 기분에 따라 다르겠지만 늦은 오후나 밤보다는 아침에 보면 더욱 신선해서 좋다.

우물 앞에 놓여 있는 바가지로 물을 휘―저은 후 한 바가지 가득 퍼서 먹어본다. 달다―

과수원 둘레를 싸고 있는 앵두나무에도 새빨간 앵두가 잘 익었다. 곧 손이 가려고 한다.

어느 틈에 앵두가 이렇게 익었을까. 그러고 보니 서울 같으면 성북동으로 앵두를 먹으러 갈 때다. 불현듯 서울 생각이 난다.

밤나무 동산의 밤나무는 아직 입도 여릴 뿐만 아니라 꽃 역시 피지 않았다. 새달이면 꽃이 피어 그윽한 향기를 풍길 것이다.

밤꽃 향기에 홀려 매일 이곳을 찾았던 게 작년 7월이다. 올해도 아마 그때까지는 여기에 머물러 있으리라. 그때쯤이면 저기 아직 덩굴만 조금 뻗은 딸기도 새빨갛게 익을 것이다.

밤나무 동산을 지나면 솔밭의 송진 냄새가 정신을 번쩍 들게 한다. 그러면 솔새가 이때다 싶어 솔방울을 쪼면서 야물 맞게 지저귄다.

산 밑 등성이 넘어 밭에는 장다리(무, 배추 따위의 줄기에 피는 꽃)가 여기저기 피어있다. 노란 배추장다리, 연보랏빛 무장다리…… 잎은 연두색이다. 그 옆에서 하얀 나비와 노랑나비가 꽃과 분간할 수 없이 요란스럽게 날고 있다. 고개를 들면 한없이 퍼져나간 꽃밭이 영롱한 채색 안개 같다.

이맘때면 송도는 장다리꽃이 만발한다. 그때마다 어린 시절 뛰어놀던 고향 생각이 난다.

"장다리 밭에 병아리가 울고……"

삼사월 즈음, 파릇파릇한 장다리 연둣빛 잎이 필 때면 정월 만배로 깨어난 병아리가 거의 자라서 제법 우는 흉내를 낸다. 이때가 봄 치고는 가장 좋은 때다. 그러면 사람들은 도시락을 싸 들고 진달래가 가득 피는 남산으로 화전놀이를 간다.

"푸릇푸릇 봄배추 나오기만 기다려……"

어린아이들은 이런 노래를 부르면서 뻐꾸기가 울고 있는 앞산으로 등걸나무를 하러 간다. 내려올 때 보면 머리에 철쭉꽃이 꽂혀 있다.

고향이라야 그리 향수가 깃든 것도 아니지만 절기마다 근사한 풍경을 대하면 문득문득 어린 시절이 생각나곤 한다.

출발할 때 정한 코스대로 한 바퀴 돌아 사과밭 옆을 지나면서 보니, 사과가 벌써 굵은 대추알보다 더 크다.

새까만 강아지 한 마리가 갑자기 심술이 났는지 짖기 시작한다. 지난겨울 아이들한테 바구니를 들려서 사과를 사러 갈라치면 몹시 텃세를 부리던 고얀 놈이다. 아마 그때의 화풀이를 하나보다.

사과밭 주인인 애꾸눈 영감이 강아지를 나무란다. 이웃이라고 낸 돈보다 더 많은 사과를 주는 정 많은 영감이다. 애꾸눈만은 안 부러워도, 이렇게 과수원을 차려놓고 그 한가운데 있는 집에서 한가롭게 살아가는 모습만은 언제 봐도 부럽다. 하지만 가까운 지인의 얘기에 의하면, 과수원이란 마치 갓난아이와 같아서 성미 급한 사람은 절대 할 게 못 된다고 한다.

그래도 나는 한번 해보고 싶다. 부지런히 몸을 움직여서 건강도 얻으려니와 생활 역시 거기에 의탁할 수 있기 때문이다. 거기에 내키는 흥으로 펜을 들어, 팔기 위한 원고가 아닌 일 년에 단 한 편이라도 좋으니 자신 있는 작품을 쓰고 싶다. 물론 지금의 내게는 말도 안 되는 공상에 불과하지만.

그러고 보니 벌써 해가 반 길이나 더 솟았다. 넓은 마당에 곱게 깔린 클로버의 이슬방울이 오색으로 영롱하게 빛난다. 녹음 짙은 포플러가 미풍을 받아 가볍게 흔들린다. 까치 한 마리가 앉아 있다가 무엇에 놀랐는지 깍깍 울면서 날아간다. 반가운 소식이라도 있으려나 보다.

6월의 아침을 손에 잡힐 듯 생생하게 묘사하고 있는 이 작품의 무대는 인천 송도다. 지금이야 송도를 가리켜 국제도시니, 금융도시니 하지만 채만식이 살던 당시만 해도 송도는 한적한 시골에 지나지 않았다. 행정구역

상 경기도 부천군 문학면 옥련리라 불렸는데, 일본이 '송도'로 개칭한 후 해수풀과 조탕 · 보트장 · 경마장 · 스케이트장을 갖춘 근대식 유원지로 개발되었다. 이전까지는 '송도'라는 지명을 찾아볼 수 없다.

풍자 문학의 대가로 알려진 채만식은 1930년대 후반부터 1940년 5월까지 송도에 거주한 것으로 알려져 있다. 그곳에서 악화된 건강을 보살피며 부지런히 글을 썼다.

그의 글은 무엇보다도 재미있다. 이는 일정한 거리를 두고 등장인물을 풍자함으로써 타락한'사회 현실을 풍자하는 빼어난 솜씨 때문이다. 그중 압권은 단연 그의 대표작《태평천하》다.

구한말과 개화기, 일제 강점기로 이어지는 격동의 시대 만석꾼으로 신분 상승을 한 윤두수 일가 4대의 이야기를 그린《태평천하》는 주인공 윤두수가 탐욕스럽게 자기 욕심만 채우며 가족의 부귀영화만을 꾀하는 모습을 우리 민족의 현실에 빗대어 비판적으로 풍자하고 있는 작품이다.

오로지 자신의 욕망과 가족의 영화만을 생각하는 윤두수에게 일본 제국주의는 튼실한 보호자이자 든든한 방패막이다. 당연히 그는 일제 강점기야말로 '태평천하'라며 고마워한다. 당시 그런 사람이 어디 한둘이었을까 만, 채만식은 그들의 모습을 통해 시대와 그 시대를 이용하는 사람들을 철저히 비판하고 풍자하고자 했다.

가난했지만, 항상 감색 상의에 회색 바지를 단정히 입고 모자까지 쓰고 다녀서 '불란서(프랑스) 백작'으로 불렸던 그는 한때 사회주의에 빠지기도 했고, 친일 행위에 가담함으로써 큰 오점을 남기기도 했지만, 해방 뒤

'민족의 죄인'으로 뼈아프게 반성하는 모습을 보여주었다. 또한, 결벽증이 심해서 다른 집에 식사를 얻어먹으러 갈 때면 자신의 숟가락과 젓가락을 따로 챙겼을 정도였다. 작품을 쓸 때도 원고지 매수를 항상 확인해서 담당 기자가 엄청 까다로워했다고 한다.

고향으로 향한 차도 아니건만
공연히 가슴은 설렌다

시그널(Signal)을 밟고 기차는 왱— 떠난다. 고향으로 향한 차도 아니건만 공연히 가슴은 설렌다. …… (중략) …… 판단을 내리는 자에게는 별반 이해관계가 없다손 치더라도 판단을 받는 당자에게 오려던 행운이 도망갈는지를 누가 보장할쏘냐. 여하간 아무리 투명한 꺼풀일지도 깨끗이 베껴버리는 것이 마땅할 것이다.

종점(終点)이 시점(始点)이 된다. 다시 시점이 종점이 된다.

아침저녁으로 이 자국을 밟게 되는데 이 자국을 밟게 된 연유(緣由)가 있다. 일찍이 서산대사가 살았을 듯한 우거진 송림 속, 게다가 덩그러니 살림집은 외따로 한 채뿐이었으나 식구(食口)로는 굉장한 것이어서 한 지붕 밑에서 팔도 사투리를 죄다 들을 만큼 모아 놓은 미끈한 장정(將丁)들만이 욱실욱실하였다. 이곳에 법령(法令)은 없었으나 여인 금납구(禁納區, 출입을 금하는 구역)였다. 만일 강심장의 여인이 있어 불의의 침입이 있다면 우리들의 호기심을 저윽히 자아내었고, 방마다 새로운 화제가 생기곤 하였다. 이렇듯 수도생활(修道生活)에 나는 소라 속처럼 안도하였던 것이다.

사건이란 언제나 큰 데서 동기가 되는 것보다 오히려 작은 데서 더 많이 발작하는 것이다.

눈 온 날이었다. 동숙(同宿)하는 친구의 친구가 한 시간 남짓한 문안 들어가는 차 시간까지를 낭비하기 위하여 나의 친구를 찾아 들어와서 하는 대화였다.

"자네, 여보게 이 집 귀신이 되려나?"

"조용한 게 공부하기 자키(작히, '어찌 조금만큼만', '얼마나'의 뜻으로 희망이나 추측을 나타내는 말. 주로 혼자 느끼거나 묻는 말에 쓰임)나 좋잖은가?"

"그래, 책장이나 뒤적뒤적하면 공분 줄 아나? 전차 간에서 내다볼 수 있는 광경, 정거장에서 맛볼 수 있는 광경, 다시 기차 속에서 대할 수 있는 모든 일이 생활 아닌 것이 없거든. 생활 때문에 싸우는 이 분위기에 잠겨서, 보고, 생각하고, 분석하고, 이거야말로 진정한 의미의 교육이 아니겠는가. 여보게! 자네 책장만 뒤지고 인생이 어드렷니(어떠하니) 사회가 어드렷니(어떠하니) 하는 것은 십육 세기에서나 찾아볼 일일세. 단연(斷然) 문안으로 나오도록 마음을 돌리게."

나한테 하는 권고는 아니었으나 이 말에 귀띔 뚫려 상푸둥(과연) 그러리라고 생각하였다. 비단 여기만이 아니라 인간을 떠나서 도를 닦는다는 것이 한낱 오락이요, 오락이매 생활이 될 수 없고, 생활이 없으매 이 또한 죽은 공부가 아니냐. 하야 공부도 생활화하여야 되리라 생각하고 불일내에 문 안으로 들어가기를 내심으로 단정해버렸다. 그 뒤 매일같이 이 자국을 밟게 된 것이다.

나만 일찍이 아침거리의 새로운 감촉을 맛볼 줄만 알았더니 벌써 많은 사람의 발자국에 포도(鋪道)는 어수선할 대로 어수선했고, 정류장에 머물 때마다 이 많은 무리를 죄다 어디 갖다 터트릴 심산인지 꾸역꾸역 자꾸 받아 싣는데 늙은이, 젊은이, 아이 할 것 없이 손에 꾸러미를 안 든 사람이 없다. 이것이 그들 생활의 꾸러미요, 동시에 권태의 꾸러미인지도 모르겠다.

이 꾸러미를 든 사람들의 얼굴을 하나하나씩 뜯어보기로 한다. 늙은이 얼굴이란 너무 오래 세파에 짜들어서 문제도 안 되겠거니와 그 젊은이들 낯짝이란 도무지 말씀이 아니다. 열이면 열이 다 우수(憂愁) 그것이오, 백이면 백이 다 비참 그것이다. 이들에게 웃음이란 가물에 콩 싹이다. 필경(必境, 마침내 또는 결국) 귀여우리라는 아이들의 얼굴을 보는 수밖에 없는데 아이들의 얼굴이란 너무나 창백하다. 혹시 숙제를 못 해서 선생한테 꾸지람 들을 것이 걱정인지 풀이 죽어 쭈그러뜨린 것이 활기란 도무지 찾아볼 수 없다. 내 상(像, 얼굴)도 필연코 그 꼴일 텐데 내 눈으로 그 꼴을 보지 못하는 것이 다행이다. 만일 다른 사람의 얼굴을 보듯 그렇게 자주 내 얼굴을 대한다고 할 것 같으면 요사(夭死, 요절)하였을는지도 모른다.

나는 내 눈을 의심하기로 하고 단념하자! 차라리 성벽 위에 펼친 하늘을 쳐다보는 편이 더 통쾌하다. 눈은 하늘과 성벽 경계선을 따라 자꾸 달리는 것인데 이 성벽이란 현대로써 캄푸라지(Camouflage, 프랑스어로 '거짓 꾸밈' 또는 '위장'의 뜻) 한 옛 금성(禁城)이다. 이 안에 어떤 일이 이루어졌으며, 어떤 일이 행하여지고 있는지 성 밖에서 살아왔고 살고 있는 우리에게는 알 바 없다. 이제 다만 한 가닥 희망은 이 성벽이 끊어지는 곳이다.

기대는 언제나 크게 가질 것이 못 되어서 성벽이 끊어지는 곳에 총독부, 도청, 무슨 참고관, 체신국(우체국), 신문사, 소방조(소방서), 무슨 주식회사, 부청, 양복점, 고물상 등 나란히 하고 연달아 오다가 아이스케이크 간판에 눈이 잠깐 머무는데 이놈을 눈 내린 겨울에 빈집을 지키는 꼴이라든가, 제 신분에 맞지 않는 가게를 지키는 꼴을 살짝 필름에 올리며 본달 것 같으면 한 폭의 고등 풍자만화가 될 터인데 하고 나는 눈을 감고 생각하기로 한다. 사실 요즈음 아이스케이크 간판 신세를 면치 아니하지 못할 자 얼마나 되랴. 아이스케이크 간판은 정열에 불타는 염서(炎暑, 무더운 여름날)가 진정 아수롭다(아쉽다).

눈을 감고 한참 생각하노라면 한 가지 거리끼는 것이 있는데 이것은 도덕률이란 거추장스러운 의무감이다. 젊은 녀석이 눈을 딱 감고 버티고 앉아 있다고 손가락질하는 것 같아서 번쩍 눈을 떠 본다. 하나 가까이 자선(慈善)할 대상이 없음에 자리를 잃지 않겠다는 심정보다 오히려 아니꼽게 본 사람이 없었으리란 데 안심이 된다.

이것은 과단성 있는 동무의 주장이지만 전차에서 만난 사람은 원수요, 기차에서 만난 사람은 지기라는 것이다. 딴은 그러리라고 얼마큼 수긍하였었다. 한자리에서 몸을 비비적거리면서도 "오늘은 좋은 날씨올시다.", "어디서 내리시나요?" 쯤의 인사는 주고받을 법한데, 일언반구 없이 뚱—한 꼴들이 작히나 큰 원수를 맺고 지내는 사이 같다. 만일 상냥한 사람이 있어 요만쯤의 예의를 밟는다고 할 것 같으면 전차 속의 사람들은 이를 정신이상자로 대접할 거다. 그러나 기차에서는 그렇지 않다. 명함(名銜)을 서로 바꾸고 고향 이야기, 행방 이야기를 거리낌 없이 주고받고, 심지어 남의 여로(旅勞, 여행의 피로)를 자기의 여로인 것처럼 걱정하고, 이 얼마나 다정한 인생행로냐?

이러는 사이에 남대문을 지나쳤다. 누가 있어 "자네 매일같이 남대문을 두 번씩 지날 터인데, 그래 늘 보곤 하는가?"라는 어리석은 듯한 멘탈 테스트를 낸다면 나는 아연(啞然)해지지 않을 수 없다. 가만히 기억을 더듬어 본달 것 같으면 늘이 아니라 이 자국을 밟은 이래 그 모습을 한 번이라도 쳐다본 적이 있었던 것 같지 않다. 하기는 나의 생활에 긴한 일이 아니매 당연한 일일 게다. 하나 여기에 하나의 교훈이 있다. 횟수가 너무 잦으면 모든 것이 피상적이 되어 버리느니라.

이것과는 관련이 먼 이야기 같으나 무료한 시간을 까기 위하여 한마디 하면서 지나가자.

시골서는 제노라고(내로라고) 하는 양반이었던 모양인데 처음 서울 구경을 하고 돌아가서 며칠 동안 배운 서울 말씨를 섣불리 써 가며 서울 거리를 손으로 형용하고 말로써 떠벌려 옮겨 놓더란 데, 정거장에 턱 나리니 앞에 고색이 창연한 남대문이 반기는 듯 가로막혀 있고, 총독부 집이 크고, 창경원에 백(百) 가지 금수(禽獸, 동물)가 봄 직했고, 덕수궁의 옛 궁전이 회포를 자아냈고, 화신(和信, 화신백화점) 승강기는 머리가 힝—했고, 본정(本町, 지금의 서울 명동)엔 전등이 낮처럼 밝은데 사람이 물 밀리듯 밀리고 전차란 놈이 윙윙 소리를 지르며, 지르며 연달아 달리고——서울이 자기 하나를 위하여 이루어진 것처럼 우쭐했는데 이것쯤은 있을 듯한 일이다. 한데 게도(거기에도) 방정꾸러기(걸핏하면 방정을 잘 떠는 사람을 놀림조로 이르는 말)가 있어

"남대문이란 현판이 참 명필이지요?" 하고 물으니 대답이 걸작이다.

"암, 명필이고, 말고. '남' 자, '대' 자, '문' 자 하나하나 살아서 막 꿈틀거리는 것 같데."

'어느 모로나 서울 자랑하려는 이 양반으로서는 가당한 대답일 게다. 이분에게 아현 고개 막바지에—아니, 치벽한 데(외진 곳) 말고—가까이 종로 뒷골목에 무엇이 있던가를 물었더라면 얼마나 당황했으랴.

나는 종점을 시점으로 바꾼다.

내가 내린 곳이 나의 종점이요, 내가 타는 곳이 나의 시점이 되는 까닭이다. 이 짧은 순간 많은 사람 사이에 나를 묻는 것인데 나는 이네들에게 너무나 피상적이 된다. 나의 휴맨니티(휴머니티)를 이네들에게 발휘해낸다는 재주가 없다. 이네들의 기쁨과 슬픔과 앞은(아픈) 데를 나로서는 측량한다는 수가 없는 까닭이다. 너무 막연하다. 사람이란 횟수가 잦은 데와 양이 많은 데는 너무나 쉽게 피상적이 되나 보다. 그럴수록 자기 하나 간수하기에 분망하나 보다.

시그널(Signal, 신호)을 밟고 기차는 왱— 떠난다. 고향으로 향한 차도 아니건만 공연히 가슴은 설렌다. 우리 기차는 느릿느릿 가다 숨차면 가정

거장(假停車場, 임시 정거장)에서도 선다. 매일같이 웬 여자들이 주룽주룽(주렁주렁. 사람들이 많이 딸린 모양) 서 있다. 제마다 꾸러미를 안았는데 예의 그 꾸러민 듯싶다. 다들 방년(芳年, 스무 살 전후) 된 아가씨들인데 몸매로 보아하니 공장으로 가는 직공들은 아닌 모양이다. 얌전히 들서서 기차를 기다리는 모양이다. 판단을 기다리는 모양이다. 하나 경망스럽게 유리창을 통하여 미인 판단을 내려서는 안 된다. 피상법칙이 여기에도 적용될지 모른다. 투명한 듯하나 믿지 못할 것이 유리다. 얼굴을 찌그려 뜨려 놓은 듯이 한다든가, 이마를 좁다랗게 한다든가, 코를 말코로 만든다든가, 턱을 조개 턱으로 만든다든가 하는 악희(惡戱)를 유리창이 때때로 감행하는 까닭이다.

판단을 내리는 자에게는 별반 이해관계가 없다손 치더라도 판단을 받는 당자(當者)에게 오려던 행운이 도망갈는지를 누가 보장할쏘냐. 여하간 아무리 투명한 꺼풀일지라도 깨끗이 베껴버리는 것이 마땅할 것이다.

이윽고 턴넬(터널)이 입을 벌리고 기다리는데 거리 한가운데 지하철도도 아닌 턴넬이 있다는 것이 얼마나 슬픈 일이냐. 이 턴넬이란 인류 역사의 암흑시대요, 인생행로의 고민상(故悶相)이다. 공연히 바퀴소리만 요란하다. 구역 날 악질의 연기가 스며든다. 하나 미구(未久)에 우리에게 광명의 천지가 있다.

턴넬을 벗어났을 때 요즈음 복선공사에 분주한 노동자들을 볼 수 있다. 아침 첫차에 나갔을 때에도 일하고 저녁 늦차에 들어올 때도 그네들은 그대로 일하는데, 언제 시작하여 언제 끝이는지 나로서는 헤아릴 수 없다.

이네들이야말로 건설의 사도(使徒)들이다. 땀과 피를 아끼지 않는다.—

그 육중한 트럭을 밀면서도 마음만은 요원한 데 있어 트럭 판장에다 서투른 글씨로 신경행이니, 북경행이니, 남경행이라고 써서 타고 다니는 것이 아니라 밀고 다닌다. 그네들의 마음을 엿볼 수 있다. 그것이 고력(苦力)에 위안이 안 된다고 누가 주장하랴.

이제 나는 곧 종시(終始)를 바꿔야 한다. 그러나 내 차에도 신경행, 북경행, 남경행을 달고 싶다. 세계일주행이라고 달고 싶다. 아니, 그보다도 진정한 내 고향이 있다면 고향행을 달겠다. 다음 도착하여야 할 시대의 정거장이 있다면 더 좋다.

'시그널(Signal)을 밟고 기차는 왱— 떠난다. 고향으로 향한 차도 아니건만 공연히 가슴은 설렌다.'

누구에게나 고향은 그립고 설레는 곳이다. 윤동주 역시 마찬가지였다. 부모와 동무들이 있는 고향이 그리워 매일 학교 가는 길에 보게 되는 기차를 보며 고향 생각에 설레곤 했다.

이 글은 1939년 쓴 것으로 추정되고 있다. 1939년이면 그가 연희전문학교 2학년에 다니고 있을 때로 아현동과 서소문 등지에서 하숙생활을 할 때다. 당시 그는 친구 라사행과 함께 근처에 사는 정지용 시인을 방문, 시에 관한 토론을 하면서 의견을 주고받기도 했다. 그리고 그 해《소년》

지에 시를 발표, 정식으로 문단에 데뷔했다. 하지만 그로부터 6년 후인 1945년 2월 후쿠오카의 차디찬 감옥에서 숨을 거두고 말았다.

당대 최고의 시인이었던 정지용은 그의 시집 서문에서 '무시무시한 고독에서 죽었구나! 스물아홉이 되도록 시도 발표하여 본 적도 없이!'라며 그의 죽음을 안타까워하며 슬퍼했다.

그는 죽어가면서 얼마나 어머니와 고향이 그리웠을까. 꿈속에서라도 기차를 타고 달려가고 싶진 않았을까. 그에게 너무 많은 빚을 진 것 같아서 가슴이 아프다.

간간이 부는 바람에
나무 끝이 한들한들 조용하게 흔들린다

간간이 부는 바람에 나무 끝이 한들한들 조용하게 흔들린다. 그러나 그 뒤로 보이는 뭉게구름은
미동조차 없다. 언제까지나 그 자리에 머물러 있을 것만 같다. 하지만 가만히 보고 있으면 구름도
움직이고 있음을 알 수 있다. 더할 수 없이, 천천히 움직이지 않는 것처럼 가만히 움직이고 있을
뿐이다.

더운 날 오후의 구름 보는 재미!

아침에 없던 구름이 오후만 되면 어디서 오는지 모여든다. 회색빛 음산
한 구름도 아니고, 그렇다고 싸늘한 비늘구름이 조각조각 흩어져 있는 것
도 아니다. 하얀 솜을 펴놓은 것보다도 더 하얗고, 더 부드러운⋯⋯. 그리
고 둥글고, 깊고, 그윽한 뭉게구름이 하얀 노인처럼 하늘 높이 떠 있다.

"여름 구름은 봉우리가 많다."던 옛말 그대로, 하얗고 부드러운 구름은
산봉우리보다도 더 첩첩하다. 그러나 그냥 첩첩하기만 한 것은 아니다. 알
수 없는 비밀을 가지고 한없는 변화를 부리는 것이 여름 뭉게구름이다.

불볕이 내리쬐는 넓은 마당, 그 한끝에 서 있는 높은 버드나무 머리 위
로 멀리 보이는 한 뭉치의 뭉게구름. 첩첩이 일어난 그 봉우리 속으로 휘
몰아 들어가 보면, 거기에는 반드시 옛날이야기를 듣던 신선들의 잔치가

벌어져 있을 듯싶다.

부채 든 손을 쉬고, 무심히 앉아서 가만히 쳐다보고 있으면, 하얀 봉우리 위에서 선녀들이 춤을 추는 모습이 눈에 보일 것만 같다.

하지만 한참 동안 그것을 보고 있으면 어느 틈에 구름의 모양이 변해버린다. 높다랗게 우뚝 솟은 봉우리가 어느 틈에 슬그머니 옆으로 길게 퍼져서 옆에 있던 구름과 아무 말 없이 합쳐져 버리는 것이다. 그러면 구름 한쪽에서 옅은 보랏빛으로 보드라운 그늘이 만들어진다.

간간이 부는 바람에 나무 끝이 한들한들 조용하게 흔들린다. 그러나 그 뒤로 보이는 뭉게구름은 미동조차 없다. 언제까지나 그 자리에 머물러 있을 것만 같다. 하지만 가만히 보고 있으면 구름도 움직이고 있음을 알 수 있다. 더할 수 없이, 천천히 움직이지 않는 것처럼 가만히 움직이고 있을 뿐이다. 그렇게 느리게 움직이면서도 다른 구름과 합쳐져서 새로운 봉우리를 만든다.

그런가 하면, 어느 틈에 보드랍던 보랏빛 검은 그늘로 변해서 햇볕을 가리면서 주먹 같은 물방울을 내리쏟는다. 마치 모래를 내리쏟는 듯한 형세로 바람이 나게 내리쏟는다.

"으아악!"

"소낙비다!"

양복쟁이가 소리를 치면서 맥고모자(밀짚이나 보릿짚을 이용해서 만든 여름 모자)를 벗어든 채 뛴다. 미인이 뛴다. 학생이 뛴다. 경찰이 도검을 붙잡고 뛴다.

어느새 길가의 처마 밑마다 길 가던 사람이 쭉 늘어서 있다. 그 길로 자동차가 위세 좋게 달린다.

낮잠 자던 부인이 깜짝 놀라 황망히 장독 뚜껑을 덮고 빨래를 걷는다. 하지만 어느새 비는 그치고, 다시 햇빛이 반짝거린다.

"참, 잘도 속이네."

부인이 한숨을 길게 내쉬며 다시 빨래를 넌다. 처마 밑에 늘어섰던 사람들 역시 다시 헤어져 제 갈 길을 간다.

햇볕에 까맣게 타던 기와지붕과 산이 세수하고 난 것처럼 깨끗하고 산뜻해졌다. 햇볕 역시 한층 더 선명하게 비친다.

빙수보다도 더 달고 시원한 한여름의 한 줄기 양미(凉味, 서늘하거나 시원한 맛)! 이것도 잊지 못할 뭉게구름의 비밀 중 하나다.

소나기가 지나가면 저녁때가 가깝다. 소나기 장난에 시치미 떼는 뭉게구름이 옆으로 길어져서 무슨 회의나 잔치에 참여한 것처럼 약속이나 한 듯 한쪽으로만 몰려간다. 그러면 여름 하루가 무사히 저물고, 서늘한 저녁 기운이 돌기 시작한다.

불볕밖에 아무것도 없는 듯싶은 더운 날, 뭉게구름의 변화를 바라보는 것은 분명 여름의 좋은 감흥 중 하나다.

"어린이를 '내 아들놈', '내 딸년'하고 자기 물건같이 알지 말고, 자기보다 한결 더 새로운 시대의 새 인물이란 것을 알아야 합니다. 어린이 뜻을 가볍게 보지 마십시오. 싹(어린이)을 위하는 나무는 잘 커가고, 싹을 짓밟는 나무는 죽어 버립니다. 희망을 위해, 내일을 위해, 다 같이 어린이를 잘 키웁시다."

소파 방정환이 1923년 5월 1일 첫 번째 어린이날을 기념해 쓴 글에서 어른들에게 호소한 말이다. 알다시피, 그는 '어린이'라는 말을 처음 만들어 낸 사람이기도 하다.

그는 기미년 3월 1일 독립선언문을 돌리다 일본 경찰에 잡혀 고문을 당하기도 했다. 이후 동화 집필, 구연동화, 출판 활동에 몰두했으며, 어린이들에게 동화를 들려주다가 과로로 쓰러진 후 서른두 살이라는 젊은 나이에 죽고 말았다. 그가 죽으면서 남긴 유언 역시 주목할 만하다.

"어린이를 두고 가니 잘 부탁하오."

그래서인지 그의 묘비명 또한 이와 연관 깊은 '동심여선(童心如仙, 어린이의 마음은 신선과 같다)'이다.

이 글은 1924년 6월《신여성》에 발표한 것으로 언제 변할지 알 수 없는 구름을 예찬한 글이다. 호기심을 유발하며, 각양각색의 비밀스러운 모양으로 탈바꿈하는 구름이 마치 알 수 없는 어린이의 미래를 보는 듯하다. 소파 역시 그런 의도를 가지고 이 글을 쓴 것은 아닐까.

＊ 어린이날
1923년 방정환 및 '색동회'가 주축이 되어 5월 1일을 '어린이날'로 정하였다가 1927년 날짜를 5월 첫 일요일로 변경하였다. 1945년 광복 이후에는 5월 5일로 정하여 행사를 해왔으며, 1975년부터는 공휴일로 제정하였다.

귀뚜라미 소리가 숲 속에 여물면
수족의 건강도 창포 속에 여무오

가을의 낚시란 참으로 여느 때의 그것에 비할, 그러한 성질의 것이 아니구려. 귀뚜라미 소리가 숲
속에 여물면 수족(水族, 물고기)의 건강도 창포 속에 여무오. 그리하여 비록 술 쪽 같은 작은 놈이
물린다 해도, 물살을 막 찢어 내면서 펄떡거리는 것을 보는 그 맛이란 여간 신묘한 것이 아니요.

오늘까지 꼭 열흘째 낚시를 하고 있나 보오. 가을바람에 벼 이삭이 고개
를 숙여갈 때면, 나는 고기의 유혹에서 벗어날 수 없는 것이오.

형, 가을의 낚시란 참으로 여느 때의 그것에 비할, 그러한 성질의 것이
아니구려. 귀뚜라미 소리가 숲 속에 여물면 수족(水族, 물고기)의 건강도
창포 속에 여무오. 그리하여 비록 술 쪽(쪼개진 물건의 한 부분) 같은 작
은 놈이 물린다 해도, 물살을 막 찢어 내면서 펄떡거리는 것을 보는 그 맛
이란 여간 신묘한 것이 아니요. 더욱이 요즘은 고기 족속들의 정례(定例,
정기적 또는 계속해서 행해지는 사례) 여행 시절이어서 왕래가 빈번하므
로 여느 때의 곱절이나 물리는 것이오. 그래, 오늘도 다래끼(물고기를 잡
거나 잡은 물고기를 넣는 데 쓰는 그릇)가 철철 넘치게 한 짐을 지고 들어
왔구려.

형! 나는 창작도 잊었소. 독서도 잊었소. 아니, 침식(寢食, 잠자는 일과 먹는 일)까지 잊었다고 함이 옳을 것이오.

첫닭이 울면 분주히 낚싯대를 메고 다래끼를 들고 길을 나서오. 물론 십 이 전짜리 대팻밥 벙거지(대팻밥으로 만든 모자)를 머리에다 올려놓는 것 역시 잊지 않으오. 그리고 해가 지면 강변에다 미련을 남겨둔 채 달그 림자어리는 밤길을 더듬어 돌아오오.

형! 도시에서는 이것을 그 언젠들 한번 맛이나 볼 수 있겠소?

닭의 울음소리를 멀리 촌가(村家)에 두고, 그윽이 들리는 그 소리와 함 께 훤히 트이는 새날을 맞으며 안개 자욱한 강변으로 이슬 내린 풀밭 길 을 달려나가는 맛이란, 참으로 새날을 맞는 그러한 기분이오. 그리하여 이러한 기분을 한아름 안은 채 낚시질에 맛을 들여, 세상의 뜬 시름을 깨 끗이 잊고, 오직 나를 위해 그 하루를 사는 것이오. 나를 위해 사는 그 하루 는 얼마나 깨끗한 하루겠소?

형! 이것이 바로 내게 날마다 강변에 한 폭의 풍경화를 꾸며 놓게 하는 소이(所以, 까닭)가 아닌가 하오.

형! 물론 형은 오늘도 볕이라고는 일 년 열두 달 한 번도 들지 않는 음산 한 콘크리트 2층 구석방에서 신문 삽화에 온종일 지치다가 지금쯤은 곤 히 잠들었을 것이오. 얼마 전 편지에 보니, 이번 가을엔 세상없어도 뚝섬 으로 거처를 옮겨야겠다고 했으니, 오죽 진세(塵世, 티끌 많은 세상)의 소 음이 싫어서 통근하기 그토록 불편한 곳으로 옮길 생각을 했겠소.

형! 형! 한번 내려오시오. 다만, 며칠 동안이라도 농촌의 신선한 자연 속에서 나와 같이 풍경화의 주인공이 되어 보지 않으려오?

하늘이 높고, 강도 푸르면 말도 살이 찐다는데, 철(계절)도 모르는 형의 생활 속에 구석구석 들어찼을 법한 티끌을 농촌의 자연으로 한번 씻어 주고 싶은 생각이 간절함은 나의 지나친 생각이겠소? 더욱이 형이 즐기는 붕어 장조림이 우리 집에는 지금 막 묵어나오(제때 처리를 못 하고 묵어서 남음). 그러니, 부디 한번 내려오시오. 백화점 지하실에 케케묵어나는 망둥이 조림에 비할 바가 아니오.

사실 며칠 전까지만 해도 그것을 형에게 좀 부쳐 보낼까 했지만 형을 한번 끌어내리려고, 그리하여 형이 내려올 것을 믿고 부치지 않기로 했소. 그러니 꾸짖지 말고 한번 내려오오. 기별하면 내 정거장까지 마중을 나가겠소. 그러면 답장주오.

10월 10일 밤.

술도 잘 마시지 못하고, 그렇다고 특별히 즐기는 취미가 있는 것도 아니었던 계용묵이 유일하게 즐겼던 것이 있다면, 바로 '낚시'였다. 심지어 밥 먹는 것도 잊은 채 낚시를 즐겼다고 한다. 도대체 얼마나 심취했으면 '나는 창작도 잊었소. 독서도 잊었소. 아니, 침식(寢食)까지 잊었다고 함이 옳을 것이오.'라고까지 했을까.

이 글에서 나오는 형은 화가 김환기로 추정된다. 사실 두 사람 사이에 공통점이라고는 없을 것 같지만, 김환기 역시 한때 문학을 전공할까 생각할 만큼 글쓰기를 좋아하고, 그 실력이 뛰어나 미술이나 일상에 관한 생각을 꾸준히 일기로 남기기도 했다. 이에 함께 어울리며 밤이 깊도록 문학 이야기를 나누곤 했다.

다음은 그가 김환기에게 보낸 편지 중 일부로, 제주로 피난을 갔을 당시에 쓴 것이다.

> "피난 다니면서 전람회를 다 열고, 참 장하오. 나는 제주 일 년에 무엇을 했는지 그 잘난 작품 나부랭이 하나 만들지 못하고 노상에서 세월을 보냈구려. 형의 정열이 참 부럽소. 그래, 몇 점이나 내놓았던 것이오? 제목은 다 형의 독특한 시였겠지요? 나는 형의 개전(個展)을 볼 때마다 그 제목에 늘 깊은 인상을 받으오."

이 시절 그의 일상은 매일 다방에 나가 앉아 있는 것이었다. 특별한 일이 있어서도 아니고, 누군가를 만나기 위해서도 아니었다. 집이 워낙 좁고 추운 탓에 뜨거운 난로를 쬐기 위해서였다. 그러니 특별한 취미를 즐길 여유도 없었던 게 당연할 터. 얼굴 가득 미소를 지으며 안개 자욱한 강변으로 이슬 내린 풀밭 길을 즐겁게 달려나가는 그의 뒷모습이 얼핏 눈앞에 아른거린다.

이 세상은 가면무도회!
너도, 나도, 그도, 저도 탈바가지를 쓴 채 춤을 춘다

이 세상은 가면무도회! 너도, 나도, 그도, 저도 탈바가지를 쓴 채 춤을 춘다. 그중에서 가장 탈바가지를
잘 쓴 자만이 결국 성공을 한다는구나. 모래물을 스쳐 내리는 그윽한 물소리. 신비한 침묵의 속삭
임이여! 넓고 둥근 이 하늘 밑에서 사람들은 왜 공평하지 못하며, 넓고 넓은 저 바다를 보는 이 마음은
왜 저처럼 넓지 못한가.

넓은 바다, 푸른 물결이 그리워 바다를 찾았다. 아우성치는 세상을 떠
나, 하얀 명주 모래 위에 7월의 푸른 하늘과 새파란 바다를 벗 삼고, 고단
한 나의 영(靈)을 대자연 속에 자유롭게 놓아주었다. 푸른 물, 흰 모래, 새
빨간 해당화…… 이 모든 것들은 고달픈 나의 마음에 평온한 안식을 가
져다준다. 이렇듯 그윽하고 인자한 대자연의 품을 떠나, 나는 왜 그 거리
를 다리 아프게 헤매었을까. 그리고 과연 무엇을 얻었을까.

진실이 진실을 맺는다는 것은 거짓이요, 선은 선을 낳는다는 것 역시 믿
지 못할 말이란 것밖에, 내가 깨달은 것은 없다. 선한 싸움을 하다가 "낙심
하지 마라. 때가 되면 거두리라."는 그이의 말씀을 그대로 끝까지 믿어야
지. 때가 아직 멀었다고는 하지만 내 영혼이 지칠 때까지 나는 이 싸움을
계속해야 할 것이다.

밀려들었다 밀려 나가는 물결은 물가의 모래를 말없이 씻어낸다. 그 누구의 발자국인고? 저 물결에 씻겨 없어지네. 인생이란 결국 물가의 모래 위에 써 놓고 가는 허무한 기록인가. 하지만 그것은 바닷물에 씻기고 또 씻기는 동안 흔적도 없이 사라지고 말 것이다. 그런 것을 우리는 좀 더 크게, 좀 더 길게 써 놓고 가려고 애쓰며 허덕이고 있지 않는가. 그리고 울며 웃는 인간들——

이 세상은 가면무도회! 너도, 나도, 그도, 저도 탈바가지를 쓴 채 춤을 춘다. 그중에서 가장 탈바가지를 잘 쓴 자만이 결국 성공을 한다는구나.

모래물을 스쳐 내리는 그윽한 물소리. 신비한 침묵의 속삭임이여! 넓고 둥근 이 하늘 밑에서 사람들은 왜 공평하지 못하며, 넓고 넓은 저 바다를 보는 이 마음은 왜 저처럼 넓지 못한가. 발부리에 한 포기 새빨간 해당화! 이 아름다운 꽃을 보는 이 마음은 왜 그처럼 아름답지 못하며, 보드랍고 순결한 흰 모래를 사랑하는 네 마음은 왜 이다지도 거칠고, 그처럼 순결하지 못하단 말인가. 인간의 어떤 채찍도, 어떠한 형벌로도 감히 나를 울리지 못할 것을. 말 없는 대자연에 내 영이 접할 때 떨어지는 눈물을 나는 어찌할 수 없다.

나는 모래 위에 참 진(眞)자를 쓰고는 닦고 또 닦고 또다시 써 보았다. 모든 것은 의문이다. 영원한 의문이다. 그렇다면 여러 개의 작은 의문표들을 한 큰 의문표로 나타낸 것이 인생이런가.

해가 지는 줄도 몰랐더니, 어느덧 바다 위에는 두둥실 달이 떴다. 반짝이는 별님은 용궁의 아가씨들을 꾀어내리려고 새파란 눈을 깜박거린다. 무

거운 침묵에 바다도 잠기고, 해당화의 새파란 꿈도 깊어 가는데, 물가의
갈매기의 구슬픈 소리는 이름 모를 객의 심사를 속절없이 돋우어만 준다.

흔히 '사슴'의 시인으로 불리는 노천명은 여성시인의 불모지였던
1930년대 시단에 모더니즘의 경향을 지니면서도 고향(황해도 장연)의
민족 고유어에 바탕을 둔 전통적인 정서의 시를 발표하며 사실상 현대
한국 여성시의 출발을 알렸다. 그러나 일제 말기 친일시 파문과 6·25 당
시의 부역 혐의로 6개월간의 감옥생활을 하는 등의 전력으로 인해 마흔
여섯에 재생불능성 빈혈로 거리에서 쓸쓸한 죽음을 맞이한 비운의 인물
이기도 하다. 아이러니하게도 '천명(天命)'이란 이름은 여섯 살 때 심하
게 홍역을 앓고 죽었다 살아나 얻은 것이라고 한다.

흰 저고리를 즐겨 입고 평생 독신으로 지냈던 그녀는 말 그대로 '사슴'
의 시인이었다. 사슴은 곧 그녀 자신이었기 때문이다.

모가지가 길어서 슬픈 짐승이여
언제나 점잖은 편 말이 없구나.
관(冠)이 향기로운 너는
무척 높은 족속이었나 보다.

물속의 제 그림자를 들여다보고

잃었던 전설을 생각해 내고는

어찌할 수 없는 향수에

슬픈 모가지를 하고 먼 데 산을 바라본다.

- 노천명, 〈사슴〉

그녀는 고독을 사랑한 시인이기도 했다. 이에 그녀의 글에는 애수와 고독이 흥건히 스며있다.

변변치 못한 화를 받던 날

어린애처럼 울고 나서

고독을 사랑하는 버릇을 지었습니다.

번잡이 이처럼 싱그러울 때

고독은 단 하나의 친구라 할까요.

- 노천명, 〈고독〉 중에서

이광수

한국 근대 정신사 전개과정에서 중요한 역할을 했으며, 최초의 근대 장편소설 《무정》을 썼다. 1919년 '2·8 독립선언서'를 기초하고 상하이로 탈출, 임시정부 기관지인 《독립신문》의 주간으로 활동했지만, 친일 행위로 인해 그 빛이 바래고 말았다. 주요 작품으로 〈흙〉, 〈유정〉, 〈단종애사〉 등이 있다.

이 상

현대 문학을 논할 때 결코 빼놓을 수 없는 시인이자, 소설가, 수필가, 모더니즘 운동의 기수. 건축가로 일하면서 수많은 작품을 발표하였으며, 전위적이고 해체적인 글쓰기로 한국 모더니즘 문학사를 개척하였다. 주요 작품으로 소설 〈날개〉를 비롯해 시 〈거울〉, 〈오감도〉 등 수많은 작품이 있다.

김남천

카프 해소파의 주도적 역할을 하였고 사회주의 리얼리즘 논쟁에 대해서 러시아의 현실과는 다른 한국의 특수상황에 대한 고찰을 꾀해 모럴론·고발문학론·관찰문학론 및 발자크 문학연구에까지 이르는 일련의 '리얼리즘론'을 전개하였다. 대표작으로 장편 〈대하〉, 중편 〈맥〉 등이 있다.

이효석

근대 한국 순수문학을 대표하는 소설가. 1928년 《조선지광》에 단편 〈도시와 유령〉을 발표하면서 등단하였다. 한국 단편문학의 전형적인 수작이라고 할 수 있는 〈메밀꽃 필 무렵〉을 썼다. 장편 〈화분〉 등을 통해 성(性) 본능과 개방을 추구한 새로운 작품 및 서구적인 분위기를 풍기는 작품으로 주목받았다.

홍난파

1918년 일본으로 건너가 도쿄음악학교에서 2년간 수학한 후 귀국, 1920년 〈봉선화〉의 원곡인 〈애수〉를 작곡했다. 음악잡지 《음악계》를 발간했으며, 소설 〈처녀혼〉, 〈향일초〉, 〈폭풍우 지난 뒤〉 등을 발표하며 문학에도 큰 재질을 보였다. 주요 작품으로 〈봉선화〉, 〈고향의 봄〉, 〈성불사의 밤〉 등이 있다.

김유정

1935년 소설 〈소낙비〉가 《조선일보》 신춘문예에, 〈노다지〉가 《중외일보》에 각각 당선되며 문단에 데뷔하였다. 일제 강점기의 혹독한 현실 속에서 해학을 통해 어둡고 삭막한 농촌 현실과 농민들의 곤궁한 삶을 담은 작품을 다수 남겼다. 〈봄봄〉, 〈금 따는 콩밭〉, 〈동백꽃〉 30편에 가까운 작품을 발표했다.

나도향

《백조》 동인으로 참여한 것이 계기가 되어 문단에 진출하였다. 초기에는 〈젊은이의 시절〉, 〈별을 안거든 울지나 말걸〉 등 애상적이고 감상적인 작품을 발표했지만 이후 〈물레방아〉, 〈뽕〉, 〈벙어리 삼룡이〉 등 객관적이고 사실주의적 경향을 보였다. 작가로서 완숙의 경지에 접어들려 할 때 요절하였다.

현진건

김동인, 염상섭과 함께 사실주의적 단편소설의 모형을 확립한 작가로, 사실주의 문학의 개척자로 평가받고 있다. 특히 아이러니한 수법에 의해 현실을 고발하고 역사소설을 통해 민족혼을 표현하고자 했다. 〈빈처〉로 인정받기 시작했으며 〈백조〉, 〈타락자〉, 〈운수 좋은 날〉, 〈불〉 등을 발표하였다.

방정환

한국 최초의 순수 아동잡지 《어린이》의 창간하고, 1921년 '어린이'라는 단어를 공식화하며, 1923년 5월 1일 한국 최초의 어린이날을 만들었다. 이후 '세계아동예술전람회'와 '구연동화회'를 만드는 등 아동문학가 및 사회운동가로 활동했다. 주요 작품으로 《사랑의 선물》과 사후에 발간된 《소파전집》 등이 있다.

윤동주

어둡고 가난한 현실 속에서 인간의 삶과 고뇌를 사색하고, 일본에 고통받는 조국의 현실을 가슴 아프게 생각했던 민족시인. 독립운동 혐의로 체포되어 복역 중 의문사했다. 주요 작품으로 〈서시〉, 〈별 헤는 밤〉, 〈자화상〉 등이 있으며, 사후 《하늘과 바람과 별과 시》라는 제목으로 시집이 발간되었다.

노자영

《백조》 창간 동인으로서 작품활동을 시작하였고, 잡지 《신인문학》을 창간해 후진 양성에도 힘썼다. 특히 시와 수필에 있어서 소녀적인 센티멘털리즘으로 일관하여 자신의 시에 '수필시'라는 특이한 명칭을 붙이기도 하였다. 주요 작품으로 시집 《처녀의 화환》을 비롯해 서간집 《나의 화환》 등이 있다.

민태원

《동아일보》 사회부장, 《조선일보》 편집국장을 역임하였으며, 《레미제라블》을 《애사》라는 제목으로 번안하여 《매일신보》에 연재하였다. 특히 수필 〈청춘예찬〉은 청춘을 찬미하고 격려한 것으로 중학교 국어교과서에 실려 많은 이들로부터 사랑을 받았다. 주요 작품으로는 《부평초》, 《소녀》 등이 있다.

김진섭

현대에 들어 가장 본격적인 수필 창작가이자 수필 이론가로서 수필을 문학의 수준으로 끌어올렸다는 평가를 받고 있다. 1947년 첫 수필집 《인생예찬》, 1948년에는 수필가로서의 그의 위치를 굳힌 본격적 수필집 《생활인의 철학》을 간행하였다.

김상용

《남으로 창을 내겠소》로 잘 알려진 시인. 8·15 광복 후 미 군정에 의해 강원도 도지사에 임명되었으나 며칠 만에 사임하고 이화여자대학교 교수로 복귀 후 미국으로 건너가 보스턴대학에서 영문학을 연구하고 돌아왔다. 주요 작품으로 〈그러나 거문고의 줄은 없고나〉, 〈남으로 창을 내겠소〉 등이 있다.

계용묵

단편 〈상환〉을 《조선문단》에 발표하면서 문단에 등장했다. 〈최서방〉, 〈인두지주〉 등 현실적이고 경향적인 작품을 발표했으나 이후 약 10여 년 간 절필하였다. 《조선문단》에 인간의 애욕과 물욕을 그린 〈백치 아다다〉를 발표하면서부터 순수문학을 지향하는 일관된 작품 경향을 유지했다.

최서해

신경향파의 대표적 소설가. 몇 명의 엘리트의 눈으로 바라본 일부의 삶이 아닌 실제 체험을 통한 대다수 극빈층의 생활상을 날카롭게 표현해 그들의 울분과 서러움을 적나라하게 드러내고 있다. 이에 그의 문학을 '체험문학', '빈궁문학'이라고 일컫는다. 주요 작품으로 〈탈출기〉, 〈홍염〉 등이 있다.

채만식

민족이 처한 현실을 풍자적이고 해학적으로 표현해 풍자소설의 대가로 불린다. 계급적 관념의 현실 인식 감각과 전래의 구전문학 형식을 오늘에 되살리는 특유한 진술 형식을 창조했다. 주요 작품으로 〈레디메이드 인생〉, 〈탁류〉, 〈태평천하〉 등이 있다.

노천명

이화여전 재학 중 시 〈밤의 찬미〉, 〈포구의 밤〉 등을 발표하였고, 그 후 〈눈 오는 밤〉, 〈사슴처럼〉, 〈망향〉 등 주로 애틋한 향수를 노래한 시를 발표하였다. 널리 애송된 대표작 〈사슴〉으로 인해 '사슴의 시인'으로 불린다. 주요 작품으로 시집 《산호림》과 《별을 쳐다보며》, 수필집 《산딸기》 등이 있다.

낭독의 즐거움

초판 1쇄 인쇄 2016년 11월 18일
초판 1쇄 발행 2016년 11월 25일

엮은이 빨간솜사탕
발행인 임채성
디자인 산타클로스

펴낸곳 도서출판 루이앤휴잇
주 소 서울시 양천구 목동 923-14 드림타워 제10층 1010호
전 화 070-4121-6304   **팩 스** 02)332-6306
메 일 pacemaker386@gmail.com
카 페 http://cafe.naver.com/lewuinhewit
블로그 http://blog.naver.com/asra21, http://blog.daum.net/newcs

출판등록 2011년 8월 30일(신고번호 제313-2011-244호)

종이책 ISBN 979-11-86273-21-0   03810
전자책 ISBN 979-11-86273-22-7   05810

저작권자 ⓒ 2016 빨간솜사탕
COPYRIGHT ⓒ 2016 by Red Cotton Candy
이 도서의 국립중앙도서관 출판시도서목록(CIP)은 서지정보유통지원시스템 홈페이지
(http://seoji.nl.go.kr)와 국가자료공동목록시스템(http://www.nl.go.kr/kolisnet)에서
이용하실 수 있습니다. (CIP제어번호: CIP2016025209)

• 이 책은 도서출판 루이앤휴잇과 저작권자와의 계약에 따라 발행한 것이므로
  본사의 서면 허락 없이는 어떠한 형태나 수단으로도 이 책의 내용을 이용할 수 없습니다.
• 파본은 본사와 구입하신 서점에서 교환해드립니다.
• 책값은 뒤표지에 있습니다.